Oetinger

Mehr von Paul Maar bei Oetinger (Auswahl)

Sams im Glück
Herr Bello und das blaue Wunder
Lippels Traum
Die Opodeldoks
Der tätowierte Hund
Kreuz und Rüben, Kraut und quer. Das große Paul-Maar-Buch
Jaguar und Neinguar. Gedichte von Paul Maar

Paul Maar, 1937 in Schweinfurt geboren, ist einer der erfolgreichsten deutschen Kinder- und Jugendbuchautoren, zugleich virtuoser Wortkünstler und phantasievoller Erzähler. Zu seinen beliebtesten Figuren gehört das Sams, das in Büchern und Filmen sein Publikum begeistert und wie sein Erfinder im oberfränkischen Bamberg lebt. Aber auch Kinderhelden wie Lippel, Herr Bello und das kleine Känguru wurden von Paul Maar erschaffen. Der Autor hat viele bedeutende literarische Ehren erhalten, u. a. den Deutschen Jugendliteraturpreis für sein Gesamtwerk, den Friedrich-Rückert-Preis und den E.T.A.-Hoffmann-Preis.

Paul Maar

DER GALIMAT und ich

Bilder von Ute Krause

Verlag Friedrich Oetinger · Hamburg

Die Lexikon-Begriffe, die Jim zitiert, sind entnommen dem »Sprach-Brockhaus, Jahrgang 1935«. Dem Buch also, aus dem der Autor als Kind sein Wissen bezog.

MIX
Papier aus verantwortungsvollen Quellen
FSC® C014496

Einband und Innenillustrationen von Ute Krause
Satz: Sabine Conrad, Rosbach
Druck und Bindung: GGP Media GmbH, Pößneck
Printed 2016
ISBN 978-3-7891-4296-3

www.oetinger.de

Inhalt

Sonntagnacht

Der Galimat

Eines Abends, eigentlich war es schon fast Mitternacht, saß ein Galimat auf einem von Jims Lexikonbänden. Genauer gesagt saß er auf Band drei der Bücher, die aufgereiht auf Jims Schreibtisch standen. Links und rechts sorgten zwei kleine Metallelefanten dafür, dass der Bücherstapel nicht umkippte.

Jim hatte geschlafen, war aber aufgewacht, weil irgendwas in seinem Zimmer *Fiiiiuuuuuu* gemacht hatte. Erst hatte er gedacht, das *Fiiiiuuuuuu* käme von dem elektrischen Luftreiniger, der in der Fensternische stand

und leise vor sich hin pustete. Tante Larissa hatte ihn angeschleppt, weil Jim eine leichte Bronchitis gehabt hatte. Die Erkältung war längst vorbei, aber Tante Larissa war nun mal überfürsorglich und bestand darauf, dass Jim das Gerät die ganze Nacht über laufen ließ. Aber das *Fiiiiuuuuuu* war gar nicht von dem Luftreiniger gekommen, sondern aus der Richtung des Schreibtischs.

Jim setzte sich im Bett auf. Hätte seine Nachttischlampe nicht gebrannt, hätte er den Galimat gar nicht entdeckt. Aber weil Jim sich vor Dunkelheit fürchtete … na ja, sagen wir: weil er Dunkelheit nicht besonders mochte … ließ er seine Lampe die ganze Nacht über an.

Und deshalb sah er den Galimat. Obwohl er natürlich noch gar nicht wusste, dass dieses kleine, kugelige Wesen, das mit eingezogenen Beinen auf dem dicken Buch saß, ein Galimat war.

Jim

Nun muss aber erst mal erklärt werden, wer Jim überhaupt ist, bevor wir zum Galimat kommen. Beim Galimat wird das nämlich etwas schwieriger werden. Bei

Jim geht es relativ einfach. Er ist ein zehnjähriger Junge. Mit ganzem Namen heißt er Jim Brown.
Nun könnte man denken, dass Jim bei einer Mutter oder einem Vater wohnte, die Brown hießen. Er wohnte aber bei Larissa und Hans-Gert Spitzer. Hans-Gert war Jims Onkel, der Bruder von Jims Mutter. Schon oft hatte Tante Larissa die Geschichte von Jims Eltern erzählt. Denn Jim wollte sie immer wieder hören, auch wenn es eine traurige Geschichte war.
Jims Mutter hatte sich in einen amerikanischen Soldaten verliebt, der in Deutschland stationiert war, in Officer Robert Brown. Und da sich Jims Vater auch in Jims Mutter verliebt hatte, heirateten die beiden keine fünf Monate später.
Als er seine Eltern das letzte Mal gesehen hatte, war Jim ungefähr drei Jahre alt gewesen. Er erinnerte sich noch an den Abschied. Seine Mutter hatte ein geblümtes Kleid angehabt und einen Koffer getragen, und sie hatte Jim geküsst, bevor sie ging. Die Erinnerung an seinen Vater war undeutlicher. Jim wusste nur noch, dass er eine blaue Sportjacke getragen und ihm eine Tüte Popcorn dagelassen hatte.
Seitdem waren die beiden aus seinem Leben verschwunden. Von Tante Larissa wusste Jim, dass sein

Vater so eine Art Spion für die amerikanische Regierung gewesen war. Er war heimlich in ein fremdes Land gereist (in welches, wusste Tante Larissa auch nicht genau) und hatte dort wichtige Geheimnisse ausgekundschaftet. Doch dann kam ihm der Geheimdienst des fremden Landes auf die Spur, und Jims Eltern mussten untertauchen. Nun reisten sie von Land zu Land, immer auf der Flucht, weil der fremde Geheimdienst sich rächen wollte, und spionierten gleichzeitig neue Geheimnisse aus.

Jim hatten sie bei Onkel Hans-Gert und Tante Larissa gelassen, damit er in Sicherheit war.

Und so bekam Jim von seinen Eltern nur Postkarten, in denen sie ihn wissen ließen, dass sie an ihn dachten. Leider verrieten sie darin nie ihre genaue Adresse, denn der Geheimdienst hätte ja mitlesen können. Was Jim aber besonders ärgerte: Nie war auf den Karten ein

Meer oder ein exotischer Urwald oder ein Gebirge zu sehen. Stattdessen schickten seine Eltern ihm Karten mit Tieren oder Pflanzen, wie es sie auch im Geschäft in der Schützenstraße gab. Das war nicht gerade spannend.

Jim sah Onkel Hans-Gert und Tante Larissa aber sowieso schon fast wie seine richtigen Eltern an. Und sie waren auch genauso liebevoll zu ihm. Na ja, vielleicht war Onkel Hans-Gert ein bisschen streng, aber letztlich merkte Jim, dass der Onkel ihn mochte.

Nur wenn Jim im Bett lag und nicht gleich einschlafen konnte, stellte er sich manchmal vor, dass seine Eltern kämen, um ihn abzuholen. Und er hatte fast ein schlechtes Gewissen ihnen gegenüber, weil er spürte, dass er die Tante und den Onkel inzwischen so lieb hatte, dass er gar nicht von ihnen wegwollte.

Jetzt aber zurück zum Galimat

Nun wird es aber Zeit, sich den Galimat näher anzuschauen. Wobei, wie gesagt, auch Jim keine Ahnung hatte, was für ein Wesen da auf seinem Lexikon saß. Er stieg vom Bett und betrachtete den Galimat aus der

Nähe. Das schien dem Kleinen nicht zu gefallen, denn er streckte Jim eine lange Zunge heraus und machte so was Ähnliches wie »Bähhhuuh!«.
»Kannst du außer ›Bähu‹ noch was sagen?«, fragte Jim. »Wer oder was bist du überhaupt?«
»Galimat«, sagte der Galimat missmutig und spuckte aus. »Galimat.«
»Wie bitte?«, fragte Jim. »Du musst lauter sprechen! Aber spuck bitte nicht mein Lexikon voll.«
»Galimat, Galimat, Galimat!«, wiederholte der Galimat. »Hast du es jetzt kapiert, kapiert?«
»Ist das dein Name, oder nennt man alle von eurer Sorte so?«, fragte Jim.
»Welche Sorte denn, denn?«, fragte der Galimat und spuckte schon wieder aus. Diesmal im hohen Bogen über den Schreibtisch hinweg auf den Teppich.
Jim seufzte. »Ich meine: Gibt es noch mehr Galimats? Das musst du doch wissen.«
»Ich muss überhaupt nichts wissen«, sagte der Galimat. »Ich bin ein Galimat, und deswegen heiße ich auch Galimat. Ist doch logisch, logisch.«
»Das ist überhaupt nicht logisch«, sagte Jim. »Ich bin ein Mensch, aber ich heiße Jim.«
»Wie interessant: ein Mensch«, sagte der Galimat. »Du

denkst wohl, ich würde dich für ein Meerschweinchen halten, halten?«

»Musst du eigentlich immer alles wiederholen? Das nervt!«, sagte Jim. »Ist das ein spezieller Galimat-Sprachfehler?«

»Sprachfehler?! Es ist eine Freundlichkeit. Ihr Menschen könntet ruhig auch so höflich sein. Man sagt das letzte Wort seiner Rede zweimal, damit der andere weiß, dass die Rede zu Ende ist und er antworten darf, darf«, sagte der Galimat. Er stand auf und begann, so was Ähnliches wie Kniebeugen auf dem Lexikonband zu machen. Genauer gesagt fuhr er seine Beine aus, machte sie immer länger, bis sich sein runder Körper mindestens einen halben Meter über dem Buch befand, und fuhr sie dann wieder ein.

Jim stand staunend davor. »Wahnsinn! Das sieht aus wie bei der Teleskopstange in unserem Duschvorhang«, sagte er. »Die kann man auch so lang ziehen.«

»Duschvorhang, Vorhang?«, fragte der Galimat.

»Duschvorhang: eine Spritzschutzvorrichtung für Dusche und Badewanne«, zitierte Jim das Lexikon. »Übrigens sitzt du auf dem falschen Band. Band drei geht von *Dachfirst* bis *Efeu*. Setzt dich gefälligst auf Band fünf: *G bis H*.«

»Aha, aha«, sagte der Galimat und machte einen großen Schritt von Band drei zu Band fünf. Dort zog er seine Beine fast ganz ein, sodass nur seine langen Füße unter dem runden Körper hervorragten. Jim überlegte laut, wie wohl der Eintrag für den Galimat aussehen würde, wenn es ihn im Lexikon gäbe.

»*Galimat.* Würde voraussichtlich zwischen *Galgen* und *Galle* stehen. Der Galimat ist ungefähr so groß wie ein Fußball. Sein Kugelkörper ist zugleich sein Gesicht. Direkt darunter befinden sich zwei große Füße und zwei Hände mit jeweils drei Fingern. Oben auf dem Kopf sieht man zwei starre Haare. Die schmalen, spitzen Ohren sind beweglich und stehen vom Kugelgesicht ab, das an das Gesicht eines Kindes erinnert.«

Der Galimat hatte aufmerksam zugehört und zustimmend genickt.

Jim fragte: »Kann man das so sagen? Bist du noch ein Kind?«

»Ich bin ein Galimat, Galimat«, antwortete der Galimat.

Jim fragte weiter. »Ich meine: Wie alt bist du? Gibt es dich schon lange?«

»Mich gibt es schon, seit ich denken kann, kann«, sagte der Galimat.
»Aha«, machte Jim. Das war zwar keine sehr klare Antwort, aber mehr war wohl nicht aus dem Kleinen herauszukriegen.

Jims Spezial-Talent

Jim hatte aber noch eine andere wichtige Frage: »Wie kommst du überhaupt hier herein? Das Fenster ist doch zu.«
»Materialisiert, materialisiert«, sagte der Galimat. Er fing wieder an zu turnen und spuckte aus.
»Wie bitte?«, fragte Jim.
»Ma-te-ri-a-li-siert, siert«, wiederholte der Galimat ungeduldig.
»Ach so«, sagte Jim. »Lexikon Band acht. Warte, gleich habe ich es!«
»Was hast du gleich, gleich?«, fragte der Galimat.
»Stör mich nicht, ich muss nachsehen«, sagte Jim.
»Hä? Aber da, wo du hinguckst, ist doch nur Luft, Luft«, sagte der Galimat.

»Ich gucke ja auch innerlich nach. Und du sollst mich dabei nicht stören!«, sagte Jim. »Gut, dass ich schon beim Buchstaben O bin!«
Jim hatte nämlich ein ganz besonderes Talent: Er konnte sich jede einzelne Seite seines Lexikons vor Augen führen und sich Zeile für Zeile daran erinnern, was in den Beiträgen stand. Das klappte allerdings nur bis Band neun *Nierenstein bis Opossum*. Die übrigen Bände hatte er noch nicht auswendig gelernt.
»Mater… Material …«, überlegte er. »Da habe ich es! *Materialisation: Umwandlung von Strahlungs- oder Bewegungsenergie in materielle Teilchen.* Du bist also so was wie ein materielles Teilchen?«
»Haha, *materielles Teilchen*! So ein Blödsinn«, schimpfte der Galimat und rollte die Augen. »Ich weiß gar nicht, weshalb ich mir überhaupt von einem Menschen alberne Fragen stellen lasse und …«
»… und durch die Gegend spucke«, vollendete Jim den Satz.
»Stört dich das, das?«, fragte der Galimat.
»Spucke finde ich schlimm schleimig«, sagte Jim.
»Auch in deinem Mund, Mund?«, fragte der Galimat.
»Nein, natürlich nicht. Nur wenn sie aus dem Mund draußen ist«, sagte Jim.

»Spucke ist flüssig. Flüssiges muss weg«, verteidigte sich der Galimat. »Außerdem habe ich nur einmal auf deine Lexikone da gespuckt, gespuckt.«

»Lexika«, verbesserte Jim.

»Wie bitte, bitte?«, fragte der Galimat.

»Die Mehrzahl von Lexikon heißt nicht Lexikone, sondern Lexika!«

»Haha! Warum nicht gleich Lexikaka?«, fragte der Galimat. »Und die Mehrzahl von Telefon heißt nicht Telefone, sondern Telefa, ja, ja?«

»Sehr witzig«, sagte Jim. »Erklär mir lieber, was du hier willst.«

»Gar nichts«, sagte der Galimat. »Ich bin nur zwischengelandet. Das rote Licht hier hat mich angezogen. Und dieses Elektrogerät hat so schön gepustet. Da habe ich mich mal kurz materialisiert. Deswegen kannst du mich sehen, sehen.«

»Du meinst den Luftbefeuchter?«, fragte Jim und stellte das Gerät aus. »Der hat jetzt genug gepustet.«

»Schade«, sagte der Galimat. »Hat so schön gekitzelt, gekitzelt.«

»Ich habe noch nie was von einem Galimat gehört«, sagte Jim. »Und im Lexikon stehst du auch nicht.«

»Es soll mich ja auch niemand sehen«, sagte der Gali-

mat. »Dass ich jetzt sichtbar bin, ist ein Anfängerfehler, Fehler.«
»Und wo willst du als Nächstes hin, wenn du hier nur mal zwischengelandet bist?«, fragte Jim.
»Erst ins Elektro und von da aus weiter, weiter«, sagte der Galimat.
Mit dieser Antwort konnte Jim nicht besonders viel anfangen. Deshalb fragte er: »Und wie funktioniert das? Ich meine, wie verschwindest du wieder?«
»Ganz einfach«, sagte der Galimat. »Ich drücke auf meinen Nasel, und schwupp – entmaterialisiere ich mich und bin weg, weg.«
»Was ist denn ein Nasel?«, fragte Jim.
»Na, das hier, hier«, sagte der Galimat und zeigte mit einem Finger auf den kleinen Knubbel mitten in seinem Kugelkörper. Dabei konnte er seine Hand, die vorher fest mit dem Körper verbunden schien, genauso ausfahren wie vorher seine Beine. Fast so, als seien die dünnen Arme, die da zum Vorschein kamen, aus Gummi.
»Ich würde das eher deinen Nabel nennen«, sagte Jim.
»Ist es ja auch, auch«, sagte der Galimat.
»Und warum sagst du dann ›Nasel‹ dazu?«
»Weil es auch meine Nase ist. Nase und Nabel gibt Nasel. Ist doch logisch, logisch«, erklärte der Galimat.

»Dann mach doch mal!«, sagte Jim. »Drück doch mal auf deinen Nabel. *Nabel: Rundliche Vertiefung in der Mitte des menschlichen Leibes.*«
»Warum? Willst du mich weghaben, haben?«, fragte der Galimat.
»Nein. Ich will einfach sehen, wie das geht mit dem Entmaterialisieren!«
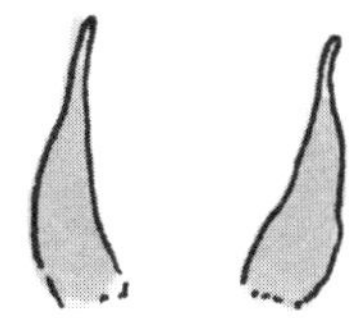
Der Galimat drückte mit dem Finger auf den Knubbel. Es schien so, als würde sein ganzer Körper wackeln und zittern, dann wurde der Galimat immer blasser, und schließlich war nichts mehr von ihm zu sehen – bis auf seine langen Ohren. Die standen wie vorher waagerecht in der Luft.

»Na, was sagst du dazu?«, fragte der Galimat und wurde wieder sichtbar. »Entmaterialisiert und wieder materialisiert. Und das ganz ohne Flöten, Flöten.«
»*Flöte: längliches Holzblasinstrument*«, wusste Jim.

»Ich meine: ganz ohne Geflöte. Ein normaler Anfänger macht immer *Fiiiiuuuuuu* dabei. Oder zumindest *Fiiuu*. Aber ich habe es geschafft, mich völlig lautlos zu entmaterialisieren. Perfekt, was, was?«
»Lautlos?« Jim dachte an das Geräusch, das ihn geweckt hatte, und musste grinsen. Aber er wollte den Kleinen nicht enttäuschen, deshalb sagte er nur: »Du warst zwar lautlos, aber trotzdem nicht perfekt. Deine Ohren waren immer noch zu sehen.«
»Meine Ohren? Zu sehen?«, fragte der Galimat erschrocken. »Ich habe es gespürt. Zu viel Materie im oberen Bereich. Ich muss es gleich noch mal versuchen, versuchen.«
Wieder drückte er auf seinen Nasel, und wieder wurde er zunehmend durchsichtig, dann unsichtbar – bis auf seine Füße mit den langen Zehen.
»Na, na?«, fragte der Galimat, als er sich wieder materialisiert hatte.
»Die Füße waren noch da …«, sagte Jim.
»Ich wusste es!«, schimpfte der Galimat und rollte wieder die Augen. »Ich habe es gespürt. Es klappt nicht. Es klappt nicht, es klappt nicht. Jetzt kann es Tage dauern, bis ich wieder aufgeladen bin. Wenn nicht Wochen, Wochen!«

Jim überlegte. *Aufladen: etwas auf ein Fahrzeug laden.* Nein, das war es wohl nicht. Was stand da noch? *Etwas mit elektrischem Strom füllen. Batterien aufladen.* Das war es wohl!

»Und was machst du jetzt?«, fragte er.

»Ich muss einen Suchstrahl losschicken, damit sie mich finden, finden«, sagte der Galimat.

»Dann los!«, sagte Jim. »Ich bin schon gespannt, wer dich findet.«

»Mich wird keiner finden«, sagte der Galimat. »Weil es keinen Suchstrahl gibt. Muss erst aufgebaut werden. Dazu brauche ich Elektro und Vibrationen, Vibrationen.«

»Vibrationen? Was meinst du damit?«, fragte Jim.

»Guck doch in deinem Kopflexikon nach, nach!«, schlug der Galimat vor.

»Das kann ich nicht. Ich bin erst mitten im O. Das V kommt viel weiter hinten.« Jim hatte aber noch eine andere wichtige Frage: »Bleibst du jetzt hier, bis du diese Vibrationen aufgebaut hast? Soll ich dich morgen Onkel Hans-Gert und Tante Larissa vorstellen?«

»Was ist ein Onkel, Onkel?«, fragte der Galimat.

»*Onkel: der Bruder der Mutter oder des Vaters*«, sagte Jim.

»Aha. Bitte sag dem Bruder der Mutter oder des Vaters nicht, dass ich hier gelandet bin«, sagte der Galimat. »Schlimm genug, dass du mich siehst, siehst.«
»Was ist so schlimm daran?«
»Wenn ein Galimat von mehr als sechs Augen gesehen wird, bekommt er zur Strafe ein Jahr lang Materialisationsverbot, Verbot.«
»Wahrscheinlich bist du längst von mehr als sechs Augen gesehen worden«, sagte Jim.
»Mehr als sechs, sechs?«, fragte der Galimat erschrocken.
»Ja. Hier gibt es bestimmt einige Fliegen und vielleicht eine Spinne …«, sagte Jim.
»Ach so«, sagte der Galimat. »Tiere gelten nicht, nicht.«
»Pssst! Ich glaube, ich habe eine Tür gehört. Schnell, versteck dich!«, bat Jim.
»Nichts leichter als das, das!«, sagte der Galimat und drückte auf seinen Nasel.
Jim rannte zu seinem Bett und hechtete unter die Bettdecke. Gerade noch rechtzeitig, bevor Tante Larissa die Tür öffnete.
»Jim?«, flüsterte sie. »Ich habe mir eingebildet, ich hätte bei dir Stimmen gehört. Entschuldige, wenn ich dich geweckt habe. Gute Nacht, Jim. Schlaf gut!«

»Gute Nacht«, murmelte Jim. »Lass bitte das Licht an!« Er bemühte sich, nicht in Richtung seines Schreibtischs zu blicken. Wäre Tante Larissa nämlich seinem Blick gefolgt, hätte sie zwei lange, schmale Ohren waagerecht über den Lexikonbänden schweben sehen.

Energiestufe Blau

Nachdem Tante Larissa gegangen war, wartete Jim eine Weile. Dann rief er halblaut: »He, Galimat! Du kannst dich wieder materialisieren. Die Tante ist weg.«
Und wirklich wurde der Galimat gleich darauf wieder sichtbar.
»Du hörst mich also auch, wenn du dich entmaterialisiert hast«, stellte Jim fest.
»Nur wenn ein Teil von mir noch da ist«, sagte der Galimat.
»Ach so! Dann ist es ja gut, dass zu viel Materie oben oder unten in dir steckt«, sagte Jim.
»Ist gut für dich, schlecht für mich«, sagte der Galimat. »Weil ich jetzt hierbleiben muss.«
»Findest du das sehr schlimm?«, fragte Jim.
»Nein, nur ein bisschen schlimm«, gab der Galimat

zu. »Ich hätte ja auch bei diesem Bruder der Mutter landen können. Wäre nicht so lustig gewesen wie bei dir, dir.«

»Du findest mich lustig?«, fragte Jim.

Der Galimat nickte. Oder besser: Er fuhr die Beine aus und neigte den ganzen runden Körper vor und zurück.

»Was ist denn lustig an mir?«, fragte Jim weiter.

»Dass du die Lexikone Lexikaka nennst«, antwortete der Galimat lachend. Dabei zog sich sein Mund quer über den ganzen Körper. »Und dass du immer eine Erklärung machen musst, musst.«

»Die anderen aus meiner Klasse finden das gar nicht lustig«, sagte Jim. »Die halten mich für einen Angeber.«

»Lass sie dich doch einfach halten, halten«, schlug der Galimat vor.

»Du hast gut reden!« Jim gähnte.

»Bist du müde, müde?«, fragte der Galimat.

Jim nickte und blickte auf den Wecker. »Es ist ja auch schon ein Uhr! Schläft ein Galimat eigentlich auch?«

»Ein Galimat schläft nicht, er wechselt nur die Farbe«, sagte der Galimat. »Rot ist meine Wach-Farbe, Blau die Schlaf-Farbe. Ich werde jetzt auf Blau umstellen. Ich wünsche guten Energiefluss, Fluss!«

»Gute Nacht, Gali«, sagte Jim.

»Gali?«, fragte der Galimat. »Gali?«
Jim lachte. »Warum nicht? Das klingt doch gut!«
»Gali«, wiederholte der Galimat. »Na gut. Klingt wenigstens besser als Gulli. Gute Nacht, Jim, Jim.«
Als Jim schon fast eingeschlafen war, wurde er noch mal durch ein leises »Jim, Jim!« geweckt.
»Was ist denn noch?«, fragte er schlaftrunken.
Gali stand neben seinem Bett. Er hatte die Beine lang gemacht und flüsterte Jim ins Ohr: »Ich muss noch mal spucken, spucken.«
»Dann nimm wenigstens den Papierkorb«, murmelte Jim. *»Papierkorb: Behälter für Papierabfälle.* Und dann wechselst du bitte schön deine Farbe!«
»Bin ja schon blau, blau«, flüsterte Gali.
Damit war er endgültig still, und Jim schlief ein.

Montag

Energiestufe Rot

Am nächsten Morgen wurde Jim wie immer durch das Weckerklingeln geweckt. Nur dass das diesmal etwas anders klang als gewohnt. Auf den normalen Piepton folgte nämlich ein Pfeifen, und das wiederum wurde durch ein tiefes Trommeln abgelöst. Schließlich ging das Trommeln über in ein Brummen wie von einem Lastwagenmotor. Und all diese Geräusche kamen ganz eindeutig aus dem Wecker.

Jim setzte sich erschrocken auf und streckte die Hand aus, um den Wecker abzustellen. Der Wecker fing nun auch noch an, ein Trompetensolo zu spielen.

»Sehr gutes kleines Elektro«, sagte eine Stimme neben dem Bett. »Geht von diesem Weckgerät direkt in meinen Nasel und zurück. Kitzelt schön, schön.« Natürlich gehörte die Stimme dem Galimat. Er strahlte schon in einem leuchtenden Rot.

»Machst *du* das alles?«, fragte Jim. Der Wecker zwitscherte inzwischen wie ein Vogel.

»Nein, das macht dein Wecker«, sagte Gali. »Ich habe ihm nur ein bisschen Elektro zugeführt. Das *Piep-piep* ist doch langweilig. Findest du nicht auch, auch?«

Jim stellte den Wecker endlich aus.

»Guten Morgen, Gali«, sagte er, während er aus dem Bett stieg. »Du bist also immer noch hier.«

»Wo denn sonst, sonst?«, fragte der Galimat.

»Keine Ahnung. Aber was machen wir denn jetzt mit dir? Ich muss gleich zur Schule. Was ist, wenn Tante Larissa ins Zimmer kommt?«

»Du kannst mich ja verstecken«, sagte der Galimat. Er blickte sich im Zimmer um. »Vielleicht dort, dort?«

»Du meinst den Kleiderschrank? Ja, das geht. Darf ich dich anfassen? *Anfassen: berühren, ergreifen.*«

Jim wartete die Antwort gar nicht ab, sondern fasste den Galimat vorsichtig links und rechts und trug ihn zum Kleiderschrank. Der kleine Kugelkörper fühlte sich fest an, wie ein prall gefüllter Lederball.

»Ich hab eine Idee«, sagte Jim. »Unten im Schrank stehen meine Skischuhe.«

»Und, und?«, fragte der Galimat.

»Stell dich da rein! Ja, gut so! Und jetzt entmaterialisiere dich wieder! Und zwar so, dass man nur deine Füße sieht!«

Gleich darauf war der Galimat verschwunden. Denn seine Füße steckten gut verborgen in Jims Skischuhen.

»Langweilst du dich nicht, wenn du den ganzen Vormittag im Schrank stehst?«, fragte Jim.

»Was ist langweilen, langweilen?«, fragte Gali.

»Das Gegenteil von kurzweilen«, sagte Jim lachend.

Er war jetzt bester Laune. Wer außer mir hat einen Galimat im Zimmer?, sagte er sich. Das war jetzt sein Geheimnis.

Er fing sogar an zu singen: »Guli, Goli, Galimat, ich geh ins Bad, ich geh ins Bad!«

»Teilen alle Menschen einander singend mit, dass sie ins Bad gehen, gehen?«, fragte Gali aus dem Schrank.

»Nein, das machen sie nur, wenn sie einen Galimat versteckt haben«, sagte Jim. »Dann aber immer!«

Die Morgenübung

Tante Larissa und Onkel Hans-Gert saßen schon am Frühstückstisch, die Kaffeetassen vor sich, als Jim frisch geduscht aus dem Badezimmer kam.

»Guten Morgen, Jim. Du scheinst ja gut gelaunt zu sein. Ich hab dich schon in deinem Zimmer singen hören«, sagte Tante Larissa, während sie ihm eine Tasse Kakao einschenkte. »Was war das für ein Lied? Irgendwas mit ›Automat‹?«
Onkel Hans-Gert wartete Jims Antwort gar nicht ab und sagte: »Jim, du bist reichlich spät dran heute. Und das Lexikon hast du auch nicht dabei!«
»Hab ich vergessen.« Jim gähnte und setzte sich zu ihnen. »Hab wohl zu wenig geschlafen.«
»Hole trotzdem mal H bis O!«, befahl Onkel Hans-Gert.
Jim stand auf und kam kurz darauf mit den Bänden zurück.
»Wir haben gerade die Wunschliste noch mal durchgesehen«, sagte Tante Larissa, als er sich wieder setzte. »Onkel Hans-Gert hat einen neuen Wunsch geäußert. Ich habe ihn gleich ins Wunschlisten-Heft eingetragen. Willst du ihn hören?«
»Warum nicht«, sagte Jim und gähnte schon wieder.
»Larissa, ist das nun dein Wunsch oder meiner?«, fragte Onkel Hans-Gert und blickte Tante Larissa streng an.
»Natürlich deiner. Hab ich doch gesagt«, antwortete sie.
»Na also, dann werde ich meinen Wunsch doch auch

selbst vortragen dürfen«, sagte er und las vor: »Ein Gartengrundstück mit einem gut gesicherten Gartenhaus mit Blitzableiter und Alarmanlage! – Na, was hältst du davon, Jim?«

»Das ist bestimmt nicht billig«, sagte Jim.

»Ich kann ja dafür den Mercedes streichen«, sagte Onkel Hans-Gert schnell.

»Aber unser Afrika-Urlaub bleibt!«, bestimmte Tante Larissa.

»Erst müssen wir mal die Million kriegen«, sagte Jim.

»*Du* musst sie kriegen, Jim! Nur du«, sagte Onkel Hans-Gert. »Und deshalb werden wir gleich mit der Morgenübung anfangen.«

Vielleicht muss hier erst mal erklärt werden, was das

für ein Wunschlisten-Heft ist und was mit der Morgenübung gemeint war. Beides hing mit Jims besonderem Talent, seinem Spezial-Gedächtnis, zusammen. Das hatte Onkel Hans-Gert schon vor einiger Zeit erkannt und einen Plan gefasst: Jim würde das ganze Lexikon, vom Buchstaben A bis zum Z, auswendig lernen. Mit diesem umfassenden Wissen würde er dann bei der Fernseh-Quizsendung *Superwisser* teilnehmen. Kandidaten, die alle vierzehn Fragen richtig beantworteten, gewannen dort eine Million.

Und Jim musste sich ja nur jeden Begriff, jede Frage, vors innere Auge führen und die Antwort gewissermaßen ablesen. Die gewonnene Million würden sie dann unter Jim, Tante Larissa und Onkel Hans-Gert gleichmäßig verteilen.

Vor lauter Vorfreude auf die Million hatten die drei ein Wunschlisten-Heft angelegt, in das jeder schreiben durfte, was er mit dem gewonnenen Geld anfangen würde. Tante Larissa und Onkel Hans-Gert hatten schon zahlreiche große Wünsche ins Heft geschrieben. In Jims Schrift hingegen stand

da nur: *Playstation, ein Computer mit extra viel Speicherplatz, mindestens hundert DVDs, mindestens zweihundert Bücher, eine Kamera* und *Süßigkeiten, kiloweise.* Über die meisten von Jims Wünschen hatte Onkel Hans-Gert die Nase gerümpft. Aber er sagte nichts dagegen. Er durfte Jim ja nicht die Lust am Lernen nehmen. Schließlich ging es dabei um eine Million!
Jetzt schlug Onkel Hans-Gert einen der Bände irgendwo in der Mitte auf.
»Dann fang mal an!«, sagte Jim, schnitt sich ein Brot ab, strich Butter darauf und belegte es mit Lyoner, seiner Lieblingswurst.
»Moment!«, rief Onkel Hans-Gert, legte das Lexikon beiseite, nahm die Wurstscheiben mit spitzen Fingern weg und legte sie auf den Wurstteller zurück. »Halt dich an die Spielregel: Du musst dir deine Morgenwurst erst verdienen, wie immer.« Dann wischte er die fettigen Finger an der Serviette ab, nahm das Lexikon wieder auf und las vor: »Neptun!«
»*Altitalienischer Gott des Wassers und der Meere*«, zitierte Jim, ohne zu zögern.
»Richtig! Die erste Wurstscheibe ist verdient«, lobte Onkel Hans-Gert und legte sie auf Jims Brot ab. Da er diesmal die Gabel dazu benutzte, musste er die Finger

nicht wieder abwischen. »Hier steht aber noch ein zweiter Begriff!«

Jim schloss einen kurzen Moment die Augen, dann hatte er es: *»Neptun: entferntester Planet des Sonnensystems!«*

»Wieder richtig!«, sagte Onkel Hans-Gert und spendierte eine zweite Wurstscheibe. Er nahm einen anderen Band. »Nun ein Begriff mit H: Hohlerde!«

Diesmal kam Jims Antwort noch schneller: *»Die Theorie, dass das Innere der Erde hohl und von intelligenten Wesen bewohnt ist.«*

»So steht es da«, sagte Onkel Hans-Gert, während er

eine dritte Wurstscheibe auf Jims Brot ablegte. »Auch wenn es völliger Blödsinn ist! Das glauben doch nur ein paar amerikanische Spinner! Nun gut.« Er legte den Band beiseite und griff einen anderen. »Kommen wir zum O. Hmmmm. Ob du das wohl weißt: Orplid!«

»Orplid: griechischer Sänger. Bezauberte durch seinen Gesang sogar die Tiere«, sagte Jim.

»Diese Antwort bezaubert mich ganz und gar nicht!«, sagte Onkel Hans-Gert. »Dafür muss ich dir leider eine Scheibe Wurst abziehen.« Er nahm eine Scheibe von Jims Brot und legte sie auf den Teller zurück. »Du bist eine Zeile zu hoch gerutscht und bei Orpheus gelandet.«

»Stimmt!«, rief Jim. *»Orplid: eine von Eduard Mörike erdichtete Insel.«*

»Zu spät. So ein Fehler hätte dich die Million kosten können!«, sagte Onkel Hans-Gert.

»Vielleicht wäre er ja erst bei zwanzigtausend gewesen«, sagte Tante Larissa tröstend.

»Umso schlimmer!«, sagte Onkel Hans-Gert. »Umso schlimmer! Jetzt das nächste Wort mit N: *Null!*«

»Null, das ist nichts. Gar nichts. Da muss ich überhaupt nicht nachschauen«, sagte Jim.

»Tut mir leid«, sagte Onkel Hans-Gert und nahm auch

die zweite Wurstscheibe von Jims Brot. »Korrekt wäre gewesen: *Null: Ergebnis, wenn man eine Zahl von sich selbst subtrahiert.*«

»Als Nächstes wirst du dem armen Jungen noch die Butter vom Brot kratzen«, sagte Tante Larissa vorwurfsvoll.

Onkel Hans-Gert ging nicht darauf ein und fragte weiter: »Weißt du wenigstens, was das ist: *subtrahiert?*«

»Keine Ahnung«, sagte Jim. »Ich bin doch noch nicht beim S.«

»Das hattest du aber schon in der dritten Klasse in Mathematik«, sagte Onkel Hans-Gert.

»Ich hasse Mathematik«, sagte Jim. »Und ich weiß jetzt auch, was ich noch in das Wunschlisten-Heft schreibe: Nie mehr Mathematik!«

»Das kannst du vergessen«, sagte Tante Larissa. »Selbst mit einer Million wirst du nicht von der Schulpflicht befreit.«

»Wenn ich könnte, würde ich mir wünschen, dass ich erwachsen bin«, sagte Jim. »Dann gäbe es keine Schulpflicht mehr. Dann hätte sich die Sache mit Mathematik erledigt, und ich müsste mich nicht von den anderen aus meiner Klasse doof anmachen lassen.«

»Sei froh, dass du noch nicht erwachsen bist«, sagte

Onkel Hans-Gert, während er vom Tisch aufstand. »Erwachsene müssen nämlich morgens zur Arbeit.« Er ging in den Flur und setzte sich einen schwarz-weiß karierten Hut auf. Das tat er immer, wenn er aus dem Haus ging, damit die Leute seine Glatze nicht bemerkten. »Auf Wiedersehen, Larissa. Wiedersehen, Jim!«, rief er. Kaum war die Flurtür hinter ihm ins Schloss gefallen, griff Tante Larissa zur Gabel und legte Jim gleich drei Wurstscheiben aufs Brot.

»Guten Appetit!«, sagte sie dabei. »Dein Onkel hat manchmal ziemlich merkwürdige Vorstellungen von Erziehung. Einem Kind die Wurst vom Brot nehmen! Das ist doch wirklich schrullig!«

Das konnte Onkel Hans-Gert allerdings nicht mehr hören. Der war schon auf dem Weg zu seinem Arbeitsplatz im Finanzamt. Abteilung Einkommensteuer, Buchstabe A bis M.

Daniel

Als Jim kurz darauf aus dem Haus kam, den Schulranzen auf dem Rücken, blieb er erst mal stehen. Er wartete auf Daniel. Der wohnte zwei Straßen weiter und ging in

dieselbe Klasse wie Jim. Es dauerte nicht lange, da kam Daniel auch schon um die Ecke.
»Hallo, Jim«, sagte er und gähnte dabei.
Wie immer hatte er seinen Regenmantel ausgezogen und quer über den Schulranzen gelegt. Daniels Mutter war nämlich überängstlich und bestand darauf, dass Daniel morgens immer einen Regenmantel anzog. Es könnte ja vielleicht regnen! Dann würde ihr Daniel nass, und wenn er nass würde, würde er sich fürchterlich erkälten, und dann bekäme er eine Lungenentzündung und müsste, wenn die Krankheit einen schlimmen Verlauf nähme, unweigerlich mit einem frühen Tod rechnen. So erzählte sie es jedenfalls Daniel, wenn er sich wieder mal weigern wollte, bei blauem Himmel und hellem Sonnenschein im Regenmantel zur Schule zu gehen.
Daniel zog also seiner Mutter zuliebe jeden Morgen den Regenmantel an, und wenn er nach ungefähr siebzig Metern um die erste Kurve gebogen war, zog er ihn wieder aus.
»Hallo, Daniel! Na, hat deine Mutter mal wieder Angst, dass du dich erkältest?«, sagte Jim. *»Erkältung: Infektion der Atemwege, meist bedingt durch Viren.«*
»Ich weiß selbst, was eine Erkältung ist, danke!«, sagte

Daniel genervt. »Du musst dir das mit dem Lexikonwissen wirklich abgewöhnen, Jim.«
»Ich kann halt nicht anders«, sagte Jim. »Ich weiß schon, dass mich deshalb alle für einen Angeber halten.«
»Genauer gesagt halten sie dich für einen arroganten, überheblichen, angeberischen, eingebildeten Besserwisser.«
»Du auch?«, fragte Jim.
»Nur für einen Besserwisser«, sagte Daniel und lachte.
»Und Rebekka?«, fragte Jim.
»Rebekka Schigglich? Was ist mit der?«, fragte Daniel zurück.
»Hält die mich auch für einen … für einen arroganten, überheblichen, angeberischen Besserwisser?«
»Woher soll ich das wissen?«, sagte Daniel. »Frag sie doch selbst! Wieso interessiert dich das überhaupt? Bist du etwa in sie verknallt?«
»Quatsch!«, sagte Jim. »Ich finde sie einfach nur nett. Sie ist die Einzige, die noch nie über mich gelacht hat.«
»Ich hab auch noch nie über dich gelacht«, sagte Daniel.
»Du bist ja auch mein Freund«, sagte Jim.
Eine Weile gingen sie schweigend nebeneinanderher. Schließlich sagte Daniel mit einem vorsichtigen Seitenblick: »Rebekka ist aber nicht gerade schlank.«

»Ja, sie ist ein bisschen mollig«, sagte Jim. »Ich finde, dass ihr das wirklich gut steht.«
Daniel lachte. »*Mollig: Bezeichnung für Personen, die etwas weniger schlank sind als der Durchschnitt.*«
»Machst du dich gerade über mich lustig?«, fragte Jim.
»Lustig? Nein, ich zitiere nur das Lexikon«, sagte Daniel. »*Lustig machen: jemanden verspotten, in der Umgangssprache auch als ›verarschen‹ bekannt.*«
»Daniel, du nervst!«
»Da merkst du mal, wie es den anderen geht!«, sagte Daniel. »Was sagt denn dein Lexikon über *verarschen*?«
»Das weiß ich nicht, ich bin erst beim Buchstaben O!«
Inzwischen waren sie bei der Schule angelangt.
»Über Z wie *Zufall* kannst du also auch noch nichts wissen«, sagte Daniel.
»Wie kommst du auf *Zufall*?«, fragte Jim.
»Na, schau dich doch um!«, sagte Daniel leise.
Jim drehte sich um. Hinter ihnen trat gerade Rebekka Schigglich auf den Pausenhof. Wie immer war sie ganz in Rot gekleidet.
»Hallo, Rebekka«, sagte Jim und wurde ein wenig rot dabei. Vielleicht war es aber nur der Widerschein von Rebekkas Kleidern.
»Hallo, Jim!«, antwortete sie und kam zu ihnen herüber.

Im selben Moment rannte jemand an Jim vorbei und schubste ihn so heftig, dass er gegen Daniel taumelte. Jim wusste gleich, dass das Alexander Wiedehopf war, sein Erzfeind in der Klasse.

»He, Alexander! Pass gefälligst auf!«, rief Jim hinter ihm her.

Alexander drehte sich im Weiterlaufen um und rief zurück: »Jim Besserwisser! Jim Besserwisser und Rebekka Schigglich-Dicklich, Rebekka Dicklich!«

»Du denkst wohl, dass mich das ärgert?«, rief Rebekka. »Macht mir gar nichts aus! Macht mir überhaupt nichts aus!«

Aber Jim merkte, dass ihre gute Laune verschwunden war.

Jim Besserwisser

Als Jim, Daniel und Rebekka ins Klassenzimmer kamen, saß Alexander Wiedehopf schon auf seinem Platz und begrüßte sie, indem er die Augen rollte und mit dem Zeigefinger an die Schläfe tippte. Gleich darauf trat Herr Senkel ein, der Klassenlehrer. Er legte einige Bücher auf dem Lehrertisch ab, ging dann ein paar

Schritte nach vorn, stützte die Hände in die Hüften und blickte in die Klasse.
»Murat, was steht heute auf dem Stundenplan?«
»Erdkunde«, sagte Murat Saris, der Klassensprecher.
»Richtig. Wir hatten uns aber darauf geeinigt, dass wir das Fach anders nennen wollen«, sagte Herr Senkel. »Es gibt ein Fremdwort dafür. Du erinnerst dich bestimmt!«
»Geografie«, antwortete Murat.
»Ganz genau!«, lobte Herr Senkel ihn. »Geografie!«
Da platzte Jim heraus: *»Geografie: griechisch für ›Erdbeschreibung‹, die Wissenschaft von den Erscheinungen und Räumen der Erdoberfläche, zu Lande und zu Wasser.«*
Die anderen Schüler buhten oder machten »Haha!«. Selbst Daniel schüttelte den Kopf.
»Besserwisser, Besserwisser!«, rief Alexander von seinem Platz aus. »Angeber!«
Herr Senkel sagte unwillig: »So genau wollten wir es gar nicht wissen, Jim.« Dann ging er zur Seitenwand des Klassenzimmers und rollte eine große Landkarte ab. »Vor einigen Tausend Jahren war es in Deutschland eisig kalt«, sagte er dabei. »Fast das ganze Land, das ihr hier seht, war von einer dicken Eisschicht bedeckt.

Über diese Zeit wollen wir heute sprechen. Man nennt sie Eiszeit.«

Bevor Jim sich bremsen konnte, rutschte ihm schon heraus: *»Eiszeit: kühle, niederschlagsreiche Periode der Erdgeschichte mit starker Gletscherentwicklung. Während der Eiszeit war Mitteleuropa großenteils mit aus Skandinavien stammendem Inlandeis bedeckt.«*

Jetzt merkten alle in der Klasse, dass Herr Senkel beleidigt war.

Mit ärgerlichem Gesichtsausdruck sagte er: »Das wollte eigentlich *ich* erklären, Jim. Oder bist du hier etwa der Lehrer?«

Fast hätte Jim laut gesagt: *»Lehrer: ein Mensch, der beruflich unterrichtet.«* Aber glücklicherweise hielt er sich diesmal zurück.

Herr Senkel wandte ihm den Rücken zu, damit man nicht sah, wie wütend er war. Doch er nahm sich vor, Jim einmal zu zeigen, wer hier am meisten wusste! Und er kannte Jims Schwachstelle sehr genau: Mathematik!

Die nächste Stunde begann damit, dass Herr Senkel sagte: »Nehmt bitte die Hefte mit dem grünen Umschlag heraus, denn in der nächsten Stunde steht was auf dem Stundenplan?«

»Rechnen«, sagte Murat Saris, der Klassensprecher.
»Richtig. Wir hatten uns aber geeinigt, dass wir auch dieses Fach anders nennen wollen«, sagte Herr Senkel. »Du erinnerst dich bestimmt!«
»Mathematik«, antwortete Murat.
»Ganz genau!«, bestätigte Herr Senkel. »Und wie ich Jim kenne, wird er uns sicher gleich erklären, was wir darunter zu verstehen haben, oder?«
Jim sagte: *»Mathematik: die Wissenschaft von der Verknüpfung von Zahlgrößen.«*
Wieder buhten ihn einige Mitschüler aus, doch Herr Senkel brachte sie durch eine Handbewegung zum Schweigen, und sagte: »Wenn unser Jim das so genau weiß, geht er bestimmt gerne an die Tafel und verknüpft folgende Zahlgrößen …«.
Er begann, eine Aufgabe zu diktieren, und unter dem Gelächter der Klasse ging Jim zögernd zur Tafel, wo er kläglich versagte und schließlich geknickt zu seinem Platz zurückschlich.

Elektro für Gali

An diesem Mittag aß Jim kaum etwas, und das, obwohl Tante Larissa Spaghetti bolognese gekocht hatte, sein Lieblingsessen. Ziemlich bedrückt saß er am Tisch, stand gleich nach dem Essen auf und räumte das Geschirr in die Spülmaschine.

»Geht's dir nicht gut?«, fragte Tante Larissa besorgt.

»Doch, doch«, versicherte Jim.

»Die Schule ist bestimmt sehr anstrengend. Jetzt in der vierten Klasse sowieso, wo alle aufs Gymnasium wollen«, sagte seine Tante. »Vielleicht solltest du dich ein halbes Stündchen hinlegen, bevor du deine Hausaufgaben machst. So ein Nachmittagsschläfchen wirkt oft Wunder.«

»Du hast recht, Tante Larissa. Ich geh dann mal in mein Zimmer«, sagte Jim.

Er hatte aber keineswegs vor, ein Mittagsschläfchen zu machen. Nein, er war vor allem gespannt, ob Gali immer noch im Schrank in den Skischuhen steckte.

Tante Larissa rief hinter ihm her: »Jim, ich bin für eine Stunde weg, falls du mich suchst. Ich muss einkaufen.«

»Ja, ja, schon gut«, rief Jim zurück.

Als er in sein Zimmer kam, empfing ihn Gali gleich mit einer Frage: »Wie war es in der Schule, Schule?«
Er saß auf Jims Bett, vollständig sichtbar.
Jim setzte sich neben ihn.
»Heute war es besonders schlimm«, erzählte er. »Die meisten aus der Klasse finden mich doof und machen sich lustig über mich. Besonders Alexander. Der ist am gemeinsten.«
»Du bist nicht doof!«, sagte Gali. »Du weißt sogar, dass ein Papierkorb ein Behälter für Papier ist, ist.«
Jim blickte ihn an. Machte Gali sich jetzt auch noch

über ihn lustig? Am runden Gesicht des Kleinen war das nicht zu erkennen.

»Muss ein Galimat eigentlich auch zur Schule gehen?«

»Darf ich nicht verraten«, sagte Gali. »Sonst werde ich von den Lehrmeistern bestraft und darf acht Tage nichts materialisieren, materialisieren.«

»Damit hast du doch schon verraten, dass du auch in die Schule gehst!«, sagte Jim und lachte zum ersten Mal an diesem Nachmittag.

»Daran bist du schuld mit deinen ständigen Fragen, Fragen«, schimpfte Gali.

»Schon gut. Aber was meinst du überhaupt mit ›nichts‹ materialisieren?«, fragte Jim.

»Na, dass ich nichts materialisieren kann«, sagte Gali. »Dumme Frage, Frage.«

»Heißt das, du kannst nicht nur dich materialisieren, sondern auch Gegenstände?«, fragte Jim.

»Kann ich, will ich aber nicht, nicht!«, antwortete Gali.

»Warum denn nicht? Zeig doch mal!«, bat Jim.

»Das kostet zu viel Energie«, sagte Gali und spuckte aus. »Ich habe sowieso zu wenig. Kann nicht mal den Suchstrahl losschicken, schicken.«

»Wie kannst du denn wieder neue Energie kriegen?«, fragte Jim.

»Ich muss elektrisch aufgeladen werden«, erklärte Gali. »Das geht aber nur ganz langsam. Durch meine Antennchen nehme ich Elektro auf, auf.«

»Antennchen?«, fragte Jim.

»Die hier, hier!«, sagte Gali und zeigte auf die seltsamen Haare, die oben aus seinem Körper ragten.

»Aha. Und brauchst du Elektrizität aus der Steckdose?«, fragte Jim weiter.

»Steckdose?« Gali legte entsetzt die Ohren an. »Viel zu starker Strom. Da würde ich sofort platzen, platzen!«

»Aber wo willst du dann die Elektrizität herkriegen?«, fragte Jim.

»Davon ist immer ein bisschen in der Luft«, erklärte Gali ihm. »Nach einem Gewitter bleibt was zurück. Und dein Wecker gibt mir auch Elektro. Alles sehr schwach. Deshalb dauert es so lange, bis ich aufgeladen bin. Die vermissen mich bestimmt schon, schon.«

»Wer ›die‹?«, fragte Jim.

Gali fuhr seine Beine aus und flüsterte Jim ins Ohr: »Die, von denen ich dir nichts erzählen darf, darf!«

»Das habe ich mir fast gedacht«, sagte Jim. Er überlegte. »Strom aus der Steckdose ist zu stark, und der aus der Luft ist zu schwach. Gibt es denn nichts dazwischen?«

»Schon. Aber wo soll ich den herkriegen, kriegen?«, fragte Gali.
»Ich habe eine Idee«, sagte Jim, ging zu seinem Schreibtisch, nahm das Ladegerät für sein Handy aus der Schublade und steckte den Stecker in die Steckdose.
»Vielleicht geht das«, sagte er. »Aber sei vorsichtig! Ich will nicht, dass du platzt.«
Gali kam näher, zog den Stecker aus der Steckdose und betrachtete eingehend die Schrift auf dem Ladegerät.
Jim fragte: »Kannst du überhaupt lesen?«
»Ja, ja«, sagte Gali unwillig.
»Und? Was liest du?«, fragte Jim.
»Irgendwas mit ›Made‹, ›Made‹«, antwortete Gali.
»Made?«, fragte Jim.
»Ja. In China. Aber das hier ist viel wichtiger: fünf Volt. Das reicht, reicht.«
Er gab Jim den Stecker zurück, und der steckte ihn wieder in die Dose.
»Da oben hinhalten, hinhalten!«, befahl Gali und zeigte auf seine rechte Antenne.
Das war gar nicht so einfach, denn der Kleine fuhr vor Aufregung immer wieder seine Beine aus und wieder zusammen. Als das kleine Metallröhrchen, das man

zum Aufladen unten ins Handy steckt, die Antenne berührte, knisterte es. Winzige Funken flogen zwischen den beiden Antennen hin und her, und die rote Farbe von Galis Körper wurde immer kräftiger.

Als der Farbton ein dunkles Karminrot erreicht hatte, spuckte Gali aus und rief: »Das reicht, reicht!«

Jim zog den Stecker aus der Steckdose.

»Und?«, fragte er aufgeregt. »Bist du jetzt aufgeladen? Genug Elektro?«

»Siehst du doch«, sagte Gali. »Mach bitte das Fenster auf, auf!«

Jim ging zum Fenster und öffnete es.

Gali neigte den Körper ein Stück weit hinaus und drückte auf seinen Nasel. Schnell wurde er unsichtbar – bis auf sein linkes langes Ohr. Das schwebte waagerecht in der Luft.

Gleich darauf wurde er wieder sichtbar und sagte schnell: »Ja, ja, ich weiß, mein linkes Ohr war noch zu sehen. Hab ich mit Absicht gemacht, damit ich dich noch höre, höre.«

»Also kannst du dich jetzt auch ganz entmaterialisieren, wenn du willst?«, fragte Jim.

»Genau«, sagte Gali. »Will ich aber nicht. Wäre sonst langweilig ohne Jim. Muss jetzt warten. Der Suchstrahl

ist losgeschickt. Jetzt dauert es nur noch ein paar Tage, bis sie mich finden und mitnehmen, mitnehmen.«
Jim musterte den Galimat, der außerordentlich zufrieden aussah. »Kann es sein, dass du auch größer geworden bist?«, fragte er. »Du bist jetzt fast so groß wie eine Wassermelone.«
»Melone?«, fragte Gali. »Melone?«
»Melone: Kürbispflanze mit saftigen Früchten«, erklärte Jim.
»Und wo sind meine saftigen Früchte, Früchte?«, fragte Gali und grinste von einem Ohr zum anderen. Jetzt, wo er wieder aufgeladen war, schien er bestens gelaunt zu sein und fing sogar an zu singen: »Galimat ist aufgeladen, das ist toll. Jetzt ist Gali mit Elektro voll, voll!«
Genau im Takt seines Liedes ging das Deckenlicht im Zimmer an und aus.
»He, was machst du da?«, rief Jim. »Du hast ja gar nicht den Schalter gedrückt!«
»Ein Galimat braucht doch keinen Schalter«, sagte Gali. »Jedenfalls nicht, wenn er aufgeladen ist, ist.«
Mit dem Ende seines Gesangs hatte auch das Flackern der Deckenlampe aufgehört.
Jim setzte sich auf die Bettkante. »Dann warten wir also, bis dein Suchstrahl irgendwen herlockt?«, fragte er.

Gali fuhr seine Beine aus, stieg aufs Bett, setzte sich neben Jim und sagte: »Ja, wir warten, warten!«

Jims größter Wunsch

Eine Weile saßen sie stumm nebeneinander. Schließlich fragte Jim: »Sag mal, könntest du jetzt was für mich herzaubern? Ich meine: materialisieren?«
»Na klar«, sagte Gali. »Du hast mich ja sehr gut aufgeladen, geladen.«
»Dann materialisiere doch bitte die Matheaufgaben, die ich für morgen machen muss!«
»Geht nicht«, sagte Gali und wiegte bedauernd den dicken Körper. »Man kann nur Gegenstände materialisieren. Verstehst du: nur Dinge, die man anfassen kann. Matheaufgaben kann man nicht anfassen, die muss man rechnen, rechnen.«
»Schade«, sagte Jim. »Dann kannst du auch meinen allergrößten Wunsch nicht erfüllen.«
»Größten Wunsch, Wunsch?«, fragte Gali.
»Ich möchte gerne erwachsen sein«, gestand Jim.
»Erwachsen? Und dann, dann?«, fragte Gali.
»Und dann …« Jim bekam glänzende Augen bei der

Vorstellung. »Dann würde ich mich an Alexander Wiedehopf rächen, weil ich hundertmal stärker wäre als er.«
»Wie geht denn rächen, rächen?«, fragte Gali.
Jim malte sich seine Rache genüsslich aus. »Ich gehe in unsere Schule, öffne die Klassenzimmer-Tür ohne vorher anzuklopfen, komme in die Klasse, gehe einfach an Herrn Senkel vorbei, als wäre er gar nicht da. Natürlich bin ich viel stärker als Herr Senkel. Der ist ja nur so ein schmaler Spargel. Der sieht gleich, dass er gegen mich keine Chance hat.
Kaum bin ich an Alexanders Platz, fasse ich ihn am Hemdkragen, hebe ihn hoch, schüttele ihn ein bisschen und sage mit meiner tiefen, rauen Männerstimme: ›Alexander, wenn du noch einmal frech zu Jim Brown bist, kriegst du es mit mir zu tun. Verstanden?‹
Alexander quietscht: ›Ja, verstanden.‹
Ich sage mit meiner tiefen Männerstimme: ›Dann wiederhole: Ich sage nie mehr Besserwisser zu Jim!‹
Alexander sagt hastig: ›Ich sage nie mehr Besserwisser zu Jim.‹
›Sehr gut‹, antworte ich und gehe zur Tür. Dann drehe ich mich noch mal um und sage: ›Noch was, Alexander: Wenn du noch einmal Rebekka Schigglich *Rebekka Dicklich* rufst, bist du dran. Verstanden?‹

›Verstanden‹, antwortet Alexander.
Rebekka sieht mich strahlend an. Ich nicke ihr noch mal freundlich zu, dann bin ich aus der Klasse verschwunden.«
»Jetzt verstehe ich, was rächen ist«, sagte Gali. »Geht diese Rebekka auch in deine Klasse? Und ist sie wirklich dicklich?« Er schaute an seinem dicken Kugelkörper herunter. »So wie ich, ich?«
Jim lachte. »Nicht so wie du! Sie ist nur ein bisschen runder als andere Kinder.«
»Schade«, sagte Gali. »Wenn sie wirklich so dick wie ich wäre, hätte ich sie gerne mal kennengelernt, gelernt. Aber deine Rache ist sowieso viel zu brav, brav.«
»Was würdest du denn machen?«, fragte Jim.
»Wenn ich rächen dürfte, würde ich die ganze Schule entmaterialisieren. Mitsamt der Klasse, die dich immer ärgert, und mit diesem Senkel. Dann wären alle weg, weg.«
»Dann wäre Rebekka aber auch weg!«, sagte Jim.
»Die wird dann eben nicht entmaterialisiert, lisiert.«
»Kannst du wirklich Dinge entmaterialisieren? So, dass sie dann weg sind?«, fragte Jim. »Einfach weg?«
»Einfach weg, weg«, bestätigte Gali.
»Und dann?«, fragte Jim.

»Dann würde ich sie in der Wüste wieder materialisieren. Die würden ganz schön schwitzen! Und draußen vor der Schultür stehen schon die Löwen und rufen: ›Alexander, bitte rauskommen, rauskommen!‹«
»So was könntest du wirklich?«, fragte Jim.
»Nein. War nur ausgedacht. Viel zu schwierig. Aber etwas anderes könnte ich«, sagte Gali und lachte gluckernd. »Eine gute Idee, Idee.«
»Und wie geht die?«
»Du nimmst mich mit in die Klasse, ich entmaterialisiere die Hose von Alexander, und er steht in der Unterhose da, da!«

»Das wäre wirklich witzig! Geht aber leider nicht«, sagte Jim.
»Warum nicht, nicht?«
»Denk doch mal nach: Wenn du die Hose entmaterialisieren willst, musst du doch sichtbar sein. Die ganze Klasse kann dich also sehen. Und wenn dich mehr als sechs Augen sehen, kannst du nichts

mehr materialisieren und wahrscheinlich auch nichts entmaterialisieren.«

»Dass du auch immer so logisch denken musst, musst!«, sagte Gali missmutig.

»Das ist eine meiner Spezialitäten«, sagte Jim grinsend.

»Schade, dass ich dich nicht erwachsen machen kann«, sagte Gali. »Du würdest dich so schön rächen, rächen!«

»Was kannst du denn dann materialisieren?«, fragte Jim.

»Alles, was du willst, willst«, sagte Gali.

Jim überlegte. »Wie wäre es mit einem Stück Schokoladenkuchen?«, sagte er. »Und weil wir gerade von Kuchen sprechen …«

»Wir? Ich spreche nicht von Kuchen. Nur du, du«, stellte Gali fest.

»Dass du auch immer so logisch denken musst!«, sagte Jim.

»Das ist nämlich auch eine meiner Spezialitäten«, sagte Gali stolz. »Und was wolltest du sagen, sagen?«

»Ich wollte fragen, ob du eigentlich nie essen musst?«

»Doch, doch«, antwortete Gali. »Aber nicht mit dem Mund. Ich nehme Luft-Ionen durch meine Membranen auf und verwerte sie als Energie, Energie.«

»Was für Membranen denn?«, fragte Jim.

»Ich schiebe mal gelbe Farbe rein, dann kannst du sie sehen, sehen«, sagte Gali. Und wirklich konnte man nun links und rechts am roten Kugelkörper zwei runde gelbe Flecken sehen, ungefähr so groß wie eine Teetasse.
»Brrr. Energie aus Luft!«, sagte Jim. »Ich will lieber schmecken, was ich esse. Zum Beispiel Kuchen.«

Eine Schokoladenkuchen-Materialisation

»Gut, dann materialisieren wir also deinen lieben Schokoladenkuchen«, sagte Gali. »Da brauchen wir zuerst eine eiserne Unterlage, dann kann es losgehen. Nur Eisen leitet Elektro, Elektro.«
»Woher soll ich eine eiserne Unterlage nehmen?« Jim guckte den Galimat ratlos an.
»Kupfer geht auch, auch«, sagte der tröstend.
»Ich habe auch keine kupferne Unterlage«, sagte Jim. Dann hatte er aber eine Idee. »In der Küche haben wir eine eiserne Bratpfanne. Geht die auch?«, fragte er.
»Alles, was aus Eisen ist, geht, geht.«
»Dann lass uns in die Küche gehen«, schlug Jim vor. »Tante Larissa ist gerade beim Einkaufen, wir sind also allein. Du kannst dich ja hier entmaterialisieren und in

der Küche wieder materialisieren. Ich geh schon mal voraus. Bis gleich«

»Halt!«, rief Gali. »Ich kann mich nur da wieder materialisieren, wo ich mich entmaterialisiert habe. Jedenfalls, wenn ein Ohr von mir noch in deiner Welt ist.«

»Und wenn kein Teil von dir hier ist?«, fragte Jim.

»Dann kann ich mich irgendwo anders wieder materialisieren«, sagte Gali. »Aber ich weiß nicht, wo ich dann lande. Vielleicht in einem Urwald, vielleicht auf dem Mond. Ich hab dir doch gesagt, dass ich Anfänger bin, bin.«

»Stimmt!«, sagte Jim. »Dann musst du eben hinter mir hergehen.«

Gemeinsam gingen sie in die Küche. Gali öffnete als Erstes den Mülleimer und spuckte hinein.

»War höchste Zeit!«, sagte er dabei. »Wenn ich aufgeladen bin, muss ich innerlich ganz trocken sein. Sonst gibt es einen Kurzschluss, Schluss.«

Jim ging zum Herd. Im Fach darunter lagen drei Pfannen. Er nahm die dickste heraus und zeigte sie Gali.

»Geht die?«, fragte er.

Gali prüfte sie. »Allerbestes Eisen«, stellte er fest. »Wir müssen aber die Unterseite nehmen. Oben ist so eine Schicht, die stört das Elektro, Elektro.«

Jim legte die Pfanne vor Gali auf den Küchenboden.
»Und jetzt?«, fragte er.
»Und jetzt wird ein Stück Schokoladenkuchen materialisiert«, sagte Gali. »Ist Schokoladenkuchen gelb, gelb?«
»Nein, braun«, sagte Jim. »Dunkelbraun.«
»Und die Schokolade, liegt die oben, oben?«, fragte Gali weiter.
»Sie ist nicht obendrauf, sie ist innen drin im Kuchen. Deshalb ist er braun«, erklärte Jim.
»Gut. Dann wird jetzt dunkelbrauner Schokoladenkuchen materialisiert. Geh ein bisschen zur Seite, damit du kein Elektro abkriegst, abkriegst!«
Gali fasste die Pfanne mit beiden Händen.
Jim schaute gespannt zu.
Gali sagte feierlich: »Brauner Schokoladenkuchen.«
Sofort färbte sich der untere

Teil seines Kugelkörpers gelb, dann grün, dann hellblau. Schließlich wanderten die Farben immer höher und änderten sich ständig dabei. Als die gelbe Farbe oben angekommen war, fuhren kleine farbige Blitze zwischen Galis Antennen hin und her.

Über dem Pfannenboden schwirrten winzige durchsichtige Teilchen durcheinander. Sie schlossen sich zu einer festen Masse zusammen, bekamen Farbe, nahmen eine Form an … und dann lag auf der umgedrehten Pfanne ein Stück dunkelbrauner Schokoladenkuchen.

»Na also, also!«, sagte Gali.

»Wahnsinn!«, rief Jim. »Du kannst wirklich Dinge materialisieren. Einfach so! Das ist phantastisch!«

»Danke«, sagte Gali. »War ja nicht schwierig. Viel schwieriger sind Tiere zu materialisieren, zum Beispiel eine Weinbergschnecke oder ein Maulwurf oder ein Elefant, Elefant.«

»Ist das dein Ernst?«, fragte Jim.
»Nein«, gab Gali zu. »Ein Elefant passt ja gar nicht auf die Pfanne, Pfanne.«
Jim besah sich das materialisierte Stück Kuchen genauer.
»Eigentlich sieht ein normales Stück Schokoladenkuchen anders aus«, stellte er fest. »Es ist nicht achteckig, sondern hinten breit und vorne spitz.«
»Woher soll ich wissen, wie menschlicher Schokoladen…«, fing Gali an, aber Jim unterbrach ihn.
»Sei still!«, rief er halblaut. »Ich hab etwas im Flur gehört! Tante Larissa kommt zurück! Wir müssen dich verstecken.«
Schnell schob er den Galimat neben die Zimmerpalme, die in der Küche unter dem Fenster stand.
»Jetzt entmaterialisiere dich!«, sagte er dann. »Wenn du dein Ohr nahe an die Palme hältst, sieht es aus wie ein Blatt.«
Tante Larissa rief im Flur: »Jim? Bist du in deinem Zimmer?«
»Nein. Ich bin hier! In der Küche!«, rief Jim zurück, während er schnell den Kühlschrank öffnete und den Kuchen hineinschob.
Als die Tante kurz darauf in den Raum kam, war von

Gali nur noch das spitze Ohr zu sehen. Er hatte es sogar geschafft, ihm etwas grüne Farbe zu geben.
»Was hast du für eine merkwürdige Frisur?«, fragte Tante Larissa gleich.
»Wieso?«, fragte Jim.
»Deine Haare stehen senkrecht nach oben. Als wären sie elektrisch geladen. Merkst du das nicht?«
»Nein. Wie seltsam«, sagte Jim und versuchte, seine Haare glatt zu streichen.
»Und was machst du da mit der Pfanne am Boden?«
»Ich … also … ich habe getrommelt«, behauptete Jim.
»Getrommelt?«, fragte Tante Larissa.
»Ja, so!«, sagte Jim und begann, mit den Fingerknöcheln und der flachen Hand auf der Pfanne einen Rhythmus zu schlagen.
»Klingt gut!«, sagte Tante Larissa. »Das erklärt allerdings noch nicht, weshalb du hier in der Küche trommelst und warum du dazu am Boden knien musst.«
»Das kann ich dir erklären«, sagte Jim, musste aber erst mal nachdenken, weil ihm so schnell keine Erklärung einfiel. Dann hatte er es: »In der Schule macht Frau Wagner-Khalil einen Trommel-Workshop.« Das war nicht mal gelogen, nur dass Jim sich nicht zu dem Workshop angemeldet hatte.

»Frau Wagner-Khalil, das ist doch eure Schulpsychologin, oder?«, fragte Tante Larissa.
»Ja, genau«, bestätigte Jim. »Ich habe schon ein bisschen trommeln vorgeübt.«
»Am Boden?«
»Irgendwohin muss ich die Trommel doch stellen. Ich meine: die Pfanne«, sagte Jim. »Ich kann sie ja nicht in der Hand halten und gleichzeitig trommeln.«
»Warum setzt du dich nicht auf einen Küchenstuhl und legst dir die Pfanne auf die Knie?«, fragte die Tante. »Das klingt bestimmt besser.«
»Gute Idee«, sagte Jim, setzte sich auf den Stuhl und fing wieder an, auf den Pfannenboden zu trommeln.
Als er dabei zum Fenster sah, musste er schnell weggucken, sonst hätte er unweigerlich lachen müssen. Denn eines der Palmblätter schwang genau im Takt auf und ab.
»Du bist nicht unbegabt«, sagte die Tante. »Jetzt weiß ich endlich, was wir dir zum Geburtstag schenken: eine Trommel!«
»Super Idee«, sagte Jim ohne große Überzeugung.
»Du kannst es ja auch ins Wunschlisten-Heft eintragen«, schlug Tante Larissa vor. »Wenn wir die Million haben, kannst du dir sogar ein richtiges Schlagzeug

kaufen, mit vielen Trommeln und Becken, oder wie das heißt! Soll ich gleich das Heft holen?«
»Äh … nicht nötig. Ich trag es später ein«, sagte Jim.
»Merkwürdig: Jetzt knistert es auch in meinen Haaren«, sagte Tante Larissa. Und wirklich, ihre Haare standen senkrecht nach oben.
»Steht dir gut!«, sagte Jim lachend. »Diese Frisur solltest du immer tragen.«

Der Elektro-Kuchen

Vom Rest des Nachmittags gibt es eigentlich nur zwei Dinge zu erzählen:
Zum Ersten, dass Gali sich unbemerkt materialisieren und in Jims Zimmer schlüpfen konnte, als Tante Larissa zur Toilette musste.
Zum Zweiten, dass Gali und Jim dann im Zimmer nebeneinander auf dem Bett saßen und sich über Tante Larissas Frisur und Jims Trommel-Ausrede kaputtlachten.
»Hast du gesehen, wie ich mit dem Ohr gewackelt habe, habe?«, fragte Gali.
»Ja. Und zwar genau im Takt«, lobte Jim. Er stand auf. »Aber jetzt will ich mit P anfangen.«
»Du willst mit P anfangen?«, fragte Gali. »Heißt du dann Pjim, Pjim?«
Jim lachte. »Quatsch! Ich will mir im Lexikon die Wörter einprägen, die mit P beginnen. Soll ich dir mal ein witziges Wort mit P vorlesen? *Pillendreher.*«
»Pillendreher?«, wiederholte Gali. »Gibt es das bei den Menschen? Leute, die Pillen herumdrehen, drehen?«
»Quatsch!«, sagte Jim und las vor: *»Der Pillendreher ist ein Käfer aus der Familie der Blatthornkäfer.«* Er blät-

terte weiter im Lexikon. »Da steht noch was, das du kennst! *Palmen: tropische Pflanzenfamilie mit spitzen, steifen Blättern, die wie Galimat-Ohren aussehen.*«

»Steht das wirklich so da?«, fragte Gali und schaute über Jims Schulter ins Buch. »Stimmt überhaupt nicht. Hast du erfunden, erfunden.«

»Doch, es stimmt«, sagte Jim. »Auch wenn es nicht im Buch steht.«

»War gar nicht einfach, mein Ohr so schön grün zu machen, machen!«, sagte Gali.

»Aber du hast es hervorragend hingekriegt«, lobte Jim.

Vom frühen Abend gibt es schließlich noch zu erzählen, dass Onkel Hans-Gert, als er vom Finanzamt nach Hause kam, erst mal seinen Hut an den Garderobenhaken hängte und dann gleich in die Küche ging, wo Tante Larissa und Jim bereits am Abendbrottisch saßen.

Obwohl das Abendessen auf dem Tisch stand, konnte Onkel Hans-Gert sich nicht zurückhalten: Er öffnete den Kühlschrank und schaute hinein. Das machte er jedes Mal, um herauszufinden, ob im Kühlschrank vielleicht etwas noch Besseres zu finden war als das Essen, das auf dem Tisch stand.

Und wirklich machte er eine freudige Entdeckung, kam

zu Tante Larissa, gab ihr sogar einen Kuss (das kam selten vor) und sagte begeistert: »Larissa, du hast mir ein Stück Kuchen als Nachtisch gekauft? Und sogar Schokoladenkuchen! Damit hast du mir eine ganz besondere Freude gemacht! Als ob du geahnt hättest, dass ich heute Appetit auf Süßes habe! Danke!«
»Was für einen Kuchen?«, fragte Tante Larissa verwirrt.
»Na, den hier!«, rief Onkel Hans-Gert und zeigte ihr das Kuchenstück.
»Der ist nicht von mir«, sagte Tante Larissa und betrachtete ratlos den achteckigen Kuchen. »Jim, hast *du* den gekauft?«
»Ja, der … der ist von mir«, sagte Jim.
»Danke, Jim! Großartige Überraschung!«, freute der Onkel sich und blickte Tante Larissa an. »Wir können wirklich glücklich sein, dass wir so einen liebenswerten Jungen adoptiert haben.«
»Adoptieren: an Kindes statt annehmen«, sagte Jim.
»Ja, wir haben dich wie unser eigenes Kind angenommen und haben dich genauso lieb«, sagte Tante Larissa.
»Hmm, nicht so wie meine Eltern«, sagte Jim. »Die haben in letzter Zeit nicht mal mehr geschrieben. Wie es aussieht, haben sie mich wohl vergessen.«
Tante Larissa rieb sich nervös die Hände, während On-

kel Hans-Gert sagte: »So ein Unfug! Sie haben dich bestimmt nicht vergessen.« Damit biss er beherzt in den Kuchen.
Gleich darauf spuckte er den Bissen mit einem »Bäh!« angewidert ins Spülbecken.
»Soll das ein Scherz sein, Jim?«, rief er.
»Wie… wieso?«, stotterte Jim.
»Der Kuchen schmeckt ja wie ein angeschmortes Elektrokabel! Ich dachte, solche Scherzkuchen verkauft man nur am ersten April!«
»Entschuldige, Onkel Hans-Gert«, sagte Jim.
»Und deine Tante findet das auch noch zum Lachen!«, schimpfte der Onkel.
»Das kommt davon, wenn man nicht isst, was auf dem Tisch steht«, sagte Tante Larissa.
»Ach, das Ganze habt ihr also gemeinsam geplant!«, sagte Onkel Hans-Gert missmutig.
Tante Larissa blinzelte Jim zu und sagte dann zu ihrem Mann: »Wie hast du das bloß so schnell herausgefunden?«

Dienstag

Eine Überraschung

»Jim, ich habe eine Überraschung für dich!«, sagte Tante Larissa, als Jim am nächsten Morgen mit dem Lexikon unter dem Arm in die Küche kam.
Jim setzte sich seinem Onkel gegenüber, wie immer, und legte den Lexikonband auf dem gedeckten Tisch ab.
Beide, Tante Larissa und Onkel Hans-Gert, blickten ihn erwartungsvoll an.
»Was für eine Überraschung?«, fragte Jim.
»Schau doch mal unter deine Serviette!«, sagte Tante Larissa.
Jim hob die Serviette beiseite. Darunter lag eine Ansichtskarte.
»Ist das nicht phantastisch?«, fragte Tante Larissa. »So ein Zufall! Gestern noch hast du gemeint, deine Eltern würden gar nicht mehr schreiben, und am nächsten Tag kommt eine Karte von ihnen!«

»Und wo hast du die her?«, fragte Jim, während er die Karte zögernd in die Hand nahm.
»Na, aus dem Briefkasten. Als ich heute Morgen vom Bäcker zurückkam, lag sie drin!«, sagte die Tante.
»Aber unser Briefträger kommt doch immer erst gegen elf?«, fragte Jim.
Onkel Hans-Gert zuckte die Schultern. »Wahrscheinlich ist die Karte gestern schon gekommen, und deine Tante hat sie übersehen und heute Morgen erst entdeckt.«
»Ja, genau so muss es gewesen sein«, bestätigte Tante Larissa. »Lies doch mal vor, was sie dir schreiben!«

Jim las laut: »Lieber Jim, wir denken an dich und wären gerne bei dir. Aber damit würden wir dein Leben gefährden. Zum Glück wissen wir, dass du es bei Larissa und Hans-Gert gut hast und dass sie dich gernhaben. Liebe Grüße aus Manitoba, deine Eltern.«
»Ein netter Brief«, stellte Tante Larissa fest.
»Kann man wohl sagen«, bestätigte Onkel Hans-Gert.
Jim drehte die Karte um und besah sich die Bildseite.
»Wieder nur so ein doofer Schäferhund«, sagte er enttäuscht.
»Was hast du gegen Hunde?«, fragte Onkel Hans-Gert.
»Nichts, solange sie nichts gegen mich haben«, antwortete Jim. »Aber ich finde es blöd, dass meine Eltern mir immer nur irgendwelche Tier- oder Blumenbilder senden.« Er drehte die Karte wieder um und betrachtete die Briefmarke. »Sehr seltsam!«, sagte er dabei.
»Was findest du seltsam?«, fragte Onkel Hans-Gert.
»Manitoba liegt doch in Kanada«, sagte Jim. *»Manitoba: Provinz in Kanada, Hauptstadt Winnipeg.«*
»Sehr gute Gedächtnisleistung!«, lobte sein Onkel.
»Ja, ja. Aber unter dem Bild von dem Mann auf der Marke steht: Thomas Jefferson«, sagte Jim. *»Thomas Jefferson: dritter Präsident der USA. Gründer der Demokratischen Partei.«*

»Großartig!«, lobte Onkel Hans-Gert wieder. Er hatte noch gar nicht begriffen, wo für Jim das Problem lag.
»Meine Eltern schreiben aus Kanada, aber die Briefmarke ist amerikanisch!«, sagte Jim. »Wie kann das sein?«
»Ja, wie kann das sein?«, fragte Tante Larissa und blickte ihren Mann an.
»Das ist doch ganz einfach«, sagte Onkel Hans-Gert schnell. »Kanada und die USA liegen nebeneinander. Wahrscheinlich haben deine Eltern die Karte noch in Kanada geschrieben, sind dann über die Grenze gegangen und haben in Amerika eine Briefmarke gekauft und die Karte abgeschickt.«
»Genau so muss es gewesen sein«, sagte Tante Larissa zufrieden.
»Ja, vielleicht«, sagte Jim, schnitt ein Brötchen auf und wollte es mit Wurst belegen.
Aber Onkel Hans-Gert rief: »Spielregeln, Jim! Denk an die Spielregeln!«
Jim legte das Brötchen auf den Teller zurück. »Na gut, dann frag mich ab, aber schnell. Ich habe Hunger. Du kannst schon Wörter mit P drannehmen. Ich hab gestern Abend noch ein bisschen ins Lexikon geschaut.«
Onkel Hans-Gert schlug das Buch auf und las vor: »*Pagode*«.

Kein Problem für Jim! *»Turmartiger Tempelbau in Ostasien«*, sagte er lässig und legte eine Wurstscheibe auf sein Brötchen, noch bevor Onkel Hans-Gert sie ihm reichen konnte.

»Du scheinst dir ziemlich sicher zu sein«, sagte der Onkel. »Dann wollen wir doch mal sehen, ob du auch das weißt: *»Pantoffeltierchen!«*

»Pantoffeltierchen: gehört zu den rundum bewimperten Einzellern …«, fing Jim an.

»Was ist denn ›bewimpert‹?«, fragte Tante Larissa.

»Es hat rings um sich herum Wimpern«, erklärte ihr der Onkel. Er tat so, als hätte er das schon immer gewusst. In Wirklichkeit hatte er natürlich die Abbildung im Lexikon betrachtet. »Es kann mit Hunderten von Wimpern klimpern.«

»Ein müder Scherz!«, stellte Tante Larissa fest.

»Wenn dir meine Scherze nicht gefallen, kann ich ja gehen. Ich bin sowieso spät dran!«, sagte Onkel Hans-Gert und tat beleidigt.

Wenig später stand er tatsächlich auf und ging in den Flur, um seinen Hut vom Garderobenhaken zu nehmen. »Es wird langsam Zeit, dass wir Jim für *Superwisser* anmelden«, rief er dabei.

»Ich bin aber erst beim P«, rief Jim zurück.

»Danach kommt doch nicht mehr viel. Das lernst du in zwei, drei Wochen. Den Buchstaben Q kann man sowieso vergessen. Das sind gerade mal drei Seiten im Lexikon. Wiedersehen, Larissa! Wiedersehen, Jim!«
Damit schloss Onkel Hans-Gert die Haustür hinter sich.
»Ich darf dir bestimmt noch eine Scheibe Wurst anbieten?«, sagte Tante Larissa.
»Lieber drei«, antwortete Jim.
»Und jetzt werde ich gleich einen neuen Wunsch ins Wunschlisten-Heft eintragen«, sagte Tante Larissa, nachdem sie Jim den Teller mit der Wurst gereicht hatte.
»Einen neuen Wunsch?«, fragte Jim.
»Deine ›Pagode‹ hat mich darauf gebracht. Ich streiche den Afrika-Urlaub und nehme lieber einen Asien-Urlaub«, sagte sie. »Ich würde gerne mal so eine Pagode in echt sehen.«
»Und was sagt Onkel Hans-Gert dazu?«
»Den werde ich schon überreden. Reich mir bitte mal den Kugelschreiber!«

Als Jim aus der Tür trat, bog Daniel gerade um die Ecke.
»Hallo, Jim«, rief er. »Das war ja wie abgesprochen: Kommst genau dann raus, wenn ich bei eurem Haus bin.« Er schien bester Laune zu sein.
»Hallo, Daniel«, grüßte Jim zurück. »Sag mal: Willst du den Regenmantel vielleicht bei uns lassen? Dann musst du ihn nicht mitschleppen.«
»Na gut«, sagte Daniel und hängte den Mantel im Flur über einen Haken.
Dann schlenderten sie nebeneinander zur Schule und unterhielten sich über die Mädchen, die mit ihnen in die Klasse gingen.
Daniel mochte am liebsten Daniela Mohnhaupt, genannt Danni.
»Gestern Nachmittag hab ich sie zufällig in der Stadt getroffen«, erzählte er. »Ich hab sie eingeladen. Wir waren zusammen in der Eisdiele Cassanese.«
Jim grinste. Deshalb also die gute Laune!
»Eisdiele. Gaststätte, die sich auf den Verkauf von Speiseeis spezialisiert hat«, zitierte er.
»Fängst du schon wieder damit an!«, sagte Daniel vorwurfsvoll.

»Daniel und Danni – das passt gut zusammen«, sagte Jim, ohne auf Daniels Vorwurf einzugehen.
»Wenn meine Mutter gut gelaunt ist, nennt sie mich Dani«, sagte Daniel. »*Dani und Danni*, das passt sogar noch besser, findest du nicht? *Rebekka und Jim* klingt lange nicht so gut, musst du zugeben. Aber weißt du eigentlich, dass Rebekka die beste Freundin von Danni ist? Hat mir Danni erzählt. Und sie hat mir verraten, dass Rebekka dich mag«, sagte Daniel.
»Ehrlich?«, fragte Jim. »Hat sie das wirklich gesagt?«
»Hat sie«, versicherte Daniel. »Ich hab Danni dann gleich erzählt, dass du Rebekka auch magst.«
Sie waren jetzt beim Schultor angekommen. Dort stand zu ihrer Überraschung Rebekka. Sie hatte offensichtlich auf die beiden gewartet, kam ihnen sogar ein paar Schritte entgegen und sagte: »Hallo, Jim. Ziemlich warm heute. Findest du nicht?« Offenbar hatte Danni gleich weitererzählt, was sie von Daniel erfahren hatte.
»Ja, richtig warm«, antwortete Jim, obwohl ihm das noch nicht aufgefallen war.
Daniel stand grinsend daneben. »Und mich beachtest du heute wohl gar nicht?«, fragte er Rebekka.
»Hallo, Daniel«, sagte sie knapp und wandte sich wieder Jim zu. »Weißt du, Jim …«

Weiter kam sie nicht, denn Alexander Wiedehopf war von hinten herangeschlichen. Er stieß Jim so grob zur Seite, dass er gegen Rebekka prallte, und rannte lachend davon.
»Vollidiot!«, rief Jim ihm nach.
Alexander blieb stehen, drehte sich um und sagte höhnisch: »Der arme, arme Jim hat sich an Rebekka gestoßen. Ist doch nicht schlimm, oder? Sie ist ja gut gepolstert.«
Jim war so wütend, dass ihm sogar ein Spottvers einfiel. »Alexander Wiedehopf hat Stroh im Kopf! Wiedehopf, Stroh im Kopf! Wiedehopf, Stroh im Kopf!«, rief er.
Alexander kam wieder zurück und stellte sich so dicht vor Jim, dass sich fast ihre Nasenspitzen berührten.
»Das sagst du nicht noch mal!«, drohte er.
Mit einem Blick zu Rebekka sagte Jim mutig: »Strohkopf!«

Das machte Alexander richtig wütend. Er stieß Jim so heftig gegen die Brust, dass Jim taumelte und auf den Boden fiel.
Alexander gab ihm noch einen Tritt gegen die Beine und ging dann davon.
»Du bist ein solches Schwein!«, rief Daniel hinter ihm her.
Da drehte Alexander sich noch mal um und rief: »Jim Besserwisser ist ein großer Schisser!« Dann verschwand er im Klassenzimmer.
Jim stand auf und rieb sich das schmerzende Bein. Einerseits hatte er eine Riesenwut. Andrerseits war der Sturz auch zu etwas gut gewesen: Rebekka hatte ihm nämlich die Hand entgegengestreckt, ihn vom Boden hochgezogen und gesagt: »Mach dir nichts draus, Jim!« Und mit einem mitleidigen Blick auf sein schmerzendes Bein: »Tut es sehr weh?«
»Ist nicht schlimm«, sagte Jim. »Los, lasst uns reingehen. Sonst kommen wir noch zu spät.«

Der Vormittag war dann genauso mies wie am Tag zuvor. Wieder einmal konnte Jim sich nicht bremsen, obwohl er es sich fest vorgenommen hatte. Als Herr Senkel den Dichter Friedrich Rückert erwähnte und erzählte, dass der abends nicht einschlafen konnte, wenn er am Tag nicht mindestens ein Gedicht geschrieben hatte, platzte es aus Jim heraus.

»Gedicht: Sprachkunstwerk in Versen.«

Herr Senkel wandte sich ihm zu. »Da sich unser Jim so gut mit gereimten Sprachkunstwerken auskennt, wird er uns jetzt vielleicht eines dichten, ja?«

»Einfach so?«, fragte Jim.

»Wenigstens zwei Zeilen«, sagte Herr Senkel.

»Na gut«, sagte Jim. »Kein Problem!«

Er musste aber trotzdem erst ein wenig nachdenken.

»Jim, wir warten alle auf dein Sprachkunstwerk!«, sagte Herr Senkel.

»Herr Senkel wartet,
und Jim startet«, sagte Jim.

»Nicht besonders originell«, sagte Herr Senkel. »Eher ein wenig dürftig.«

»Es geht ja auch noch weiter«, sagte Jim. Die abfällige Bemerkung hatte ihn geärgert. Er vergaß alle Vorsicht und reimte:

»Herr Senkel
hat zwei Schenkel,
krumm wie zwei Henkel.«

Alle in der Klasse prusteten los. Am lautesten lachte

Alexander Wiedehopf. Nur Daniel blickte eher besorgt zu Jim hinüber.

Herr Senkel bekam einen roten Kopf.

»Diese Frechheit wird dir einen Eintrag ins Klassenbuch bescheren.« Er holte das Buch aus der Schublade.

»Frechheit: unangemessenes, oft beleidigendes Benehmen oder Bemerkung«, zitierte Jim.

Das brachte Herrn Senkel noch mehr auf.

»Am liebsten würde ich dich zum Rektor schicken!«, sagte er, während er ins Klassenbuch schrieb: *Jim Brown stört den Unterricht durch freche Bemerkungen über seinen Lehrer.*

Als der Unterricht dann endlich vorbei war, regnete es in Strömen.

»Mann, Jim!«, sagte Daniel. »Da schleppe ich jeden Tag meinen Regenmantel mit mir herum, und genau dann, wenn ich ihn bei euch lasse, fängt es an zu regnen!«

Vielleicht muss noch kurz berichtet werden, wie es mit Daniel an diesem frühen Nachmittag weiterging, bevor wir uns wieder Jim zuwenden.

Auf dem Heimweg machte Daniel bei Jim kurz halt, nahm im Hausflur den Regenmantel vom Haken und zog ihn über seinen nassen Pullover. Dann verabschie-

dete er sich von seinem Freund und lief schnell nach Hause.
Daniels Mutter öffnete die Tür und sagte gleich: »Siehst du? Du hast immer gegen diesen Regenmantel protestiert. Aber heute wärst du ohne ihn klatschnass geworden. Stimmt's?«
»Ja, du hast recht gehabt, Mama«, sagte Daniel, während er den Mantel auszog.
»Schön, dass du es endlich einsiehst!«, sagte seine Mutter. Doch gleich darauf rief sie: »Oh Gott, Dani! Du bist ja ganz nass! Wie kommt das denn?«
Daniel stotterte: »Ich … also, ich … ich habe das Gefühl, der Mantel ist vielleicht nicht ganz dicht …?«
»Dann müssen wir dir gleich morgen einen dichteren kaufen. Am besten einen Gummimantel! Ein gelber wäre schön, findest du nicht? So ein Südwester, oder wie die heißen.«
Daniel verzog das Gesicht. »Der ist aber ziemlich schwer …«
»Hauptsache, er schützt dich«, sagte sie. »Besser ein schwerer Mantel als eine schwere Lungenentzündung, stimmt's?«
»Hm«, sagte Daniel und nickte. Was hätte er auch sonst sagen sollen.

Die EWP

Als Jim zur selben Zeit in sein Zimmer kam, stand Gali mit eingezogenen Beinen auf seinem Bett.

»Schau mal, was ich kann, kann!«, rief er Jim aufgeregt entgegen und drückte auf seinen Nasel. Gleich darauf entmaterialisierte er sich. Nur sein rechtes langes Ohr war noch zu sehen. Aber da verschwand das rechte Ohr auch schon, während gleichzeitig sein linker Fuß sichtbar wurde, dann sein linkes Ohr, und schließlich war nur der rechte Fuß zu sehen.

»Hat es dir gefallen?«, fragte Gali, als er sich wieder materialisiert hatte. »Hab ich geübt, als du weg warst. Ich kann jetzt meine Energie nach links, rechts, oben und unten verschieben. Ganz wie ich will. Hat bestimmt lustig ausgesehen, oder, oder?«

»An solchem Quatsch sieht man, dass du noch ein Kind bist. Auch wenn du es nicht zugeben willst«, sagte Jim. Er setzte sich auf den Bettrand.

»Jim ist nicht gut gelaunt, gelaunt«, stellte Gali fest und kletterte aufs Bett zu Jim. »Haben sie dich in der Schule wieder geärgert? Denkst du wieder darüber nach, wie schön es wäre, wenn du ein erwachsener Mann wärst, wärst?«

»Ja. Schade, dass du nur Dinge materialisieren kannst«, sagte Jim. »Wenn du mich erwachsen zaubern könntest, ginge es mir bestimmt besser.«
Gali war beleidigt. »Zaubern!«, wiederholte er. »Ein Galimat zaubert nicht, er materialisiert. Und was heißt *nur* Dinge! Denkst du, es ist einfach, Moleküle zusammenzufügen? Dann versuch's doch selber mal, mal!«
»Molekül: kleinster Teil einer chemischen Verbindung«, schlug Jim in seinem inneren Lexikon nach.
»Pfff. Was nützt es dir, wenn du weißt, was Moleküle sind, sie aber kein bisschen zusammenfügen kannst?«, sagte Gali. »Ich habe vierhundert Zeiteinheiten üben müssen, bis sich die Moleküle so gefügt haben, wie sie sollten.« Er lachte. »Ganz am Anfang sollte ich eine Maus materialisieren, es ist aber ein Frosch mit Mauseohren und Schwanz dabei herausgekommen. Beim zweiten Versuch hatte die Maus dann die Ohren am Po. Da waren meine Lehrmeister ganz schön sauer, sauer.«
Jim wurde zusehends besser gelaunt. »Ein Frosch mit Ohren. Den hätte ich gerne gesehen«, sagte er. In dem Moment hatte er eine Idee. »Warte mal … Wenn du Gegenstände materialisieren kannst … wie ist es dann mit einer Pille? *Pille: Arznei in Form von Kügelchen oder flachen Tabletten.«*

»Ein Pillenkügelchen? Kein Problem«, antwortete Gali. »Du musst mir nur sagen, wogegen es wirken soll, soll.«

»Es soll nicht *gegen* etwas wirken, sondern *für* etwas. Kannst du eine Pille materialisieren, die mich erwachsen macht?«

»Hm«, machte Gali. »Hat noch kein Galimat jemals versucht. Wird sicher nicht einfach. Könnte aber gehen.« Er wackelte begeistert mit den Ohren. »Gali, dem es gelungen ist, die EWP zu materialisieren! Eine bahnbrechende Materialisation! So wird es dann in allen Galimat-Lehrbüchern stehen, stehen.«

»EWP?«, fragte Jim.

»Erwachsen-werden-Pille. Steht noch nicht in deinem Lexikon, Lexikon!«

Am liebsten hätten Jim und Gali den neuen Materialisationsversuch sofort gestartet. Aber das ging natürlich nur, wenn Tante Larissa und Onkel Hans-Gert nicht da waren. Jims Onkel war zwar an seinem Arbeitsplatz im Finanzamt, aber Tante Larissa säuberte gerade mit dem Staubsauger die Wohnung. Erst hörte man das Brummen aus dem Schlafzimmer, dann im Flur.

»Wie lange saugt sie denn noch?«, sagte Jim ungeduldig.

»Nicht mehr lange, lange«, sagte Gali.

Fast im selben Moment schrie Tante Larissa draußen erschrocken auf.

Jim öffnete die Tür. »Was ist passiert?«, fragte er.

»Nur ein winzig kleines bisschen Elektro-Verschiebung, Verschiebung!«, murmelte Gali hinter ihm.

»Der Staubsauger!«, rief Tante Larissa. »Schau doch! Der Staubsauger!«

Der Staubsauger hatte sich offensichtlich selbstständig gemacht, war ihr aus der Hand geglitten und raste jetzt mit bestimmt zwanzig Stundenkilometern durch den Flur. Am Ende des Flurs stieß er nicht etwa gegen die Tür, sondern drehte sich dreimal um sich selbst und

kam mit noch größerer Geschwindigkeit auf Tante Larissa zugefahren. Sie rettete sich mit einem Sprung in Jims Kinderzimmer. Zum Glück hatte Gali das vorausgesehen und sich schnell unter dem Schreibtisch entmaterialisiert. Nur sein rechter Fuß war noch zu sehen, aber Jim stellte schnell den Papierkorb davor.

Draußen hörte der Staubsauger auf zu rasen und stand still. Allerdings gab er jetzt merkwürdige Geräusche von sich. Es gurgelte im langen Staubsaugerrohr, als würde sich Onkel Hans-Gert die Zähne putzen.

»Was ist nur mit dem Staubsauger los?«, rief Tante Larissa. »Das hat er noch nie getan. Es fehlt nur noch, dass er pupst!«

Das war wohl ein Stichwort für Gali. Denn jetzt fing der Staubsauger tatsächlich an, ein Geräusch auszustoßen, das ziemlich genau einem Pupsen glich.

Jim drehte sich zu Gali. »Jetzt hör doch mal auf damit!«

Fast im selben Augenblick rülpste der Staubsauger noch einmal laut und war dann still.
»Nicht zu fassen: Als würde der Staubsauger auf dich hören!«, sagte Tante Larissa. »Also, eines ist sicher: Ich rühre dieses Gerät nicht mehr an! Dein Onkel soll es sich heute Abend mal ansehen. Vielleicht findet er raus, was mit dem Ding los ist.«
»Es ist bestimmt nur eine kleine Störung«, sagte Jim. »Was machst du eigentlich heute Nachmittag? Hast du nicht Lust, mal wieder in die Stadt zu gehen?«
»Bei diesem Regen?«, fragte Tante Larissa zurück.
»Du kannst ja einen Schirm mitnehmen«, schlug Jim vor.
»Und was soll ich in der Stadt?«, fragte sie.
Jim überlegte kurz. »Zum Beispiel eine neue Bluse kaufen.«
»Ach, meine Bluse gefällt dir wohl nicht?«, fragte sie. »Und was für eine stellst du dir vor?«
»Eine rote. Rebekka aus unserer Klasse hat auch immer rote Sachen an. Das steht ihr gut. Passt zu Molligen.«
»Du bist ja heute besonders reizend!«, sagte die Tante. »Erst gefällt dir meine Bluse nicht, und dann nennst du mich auch noch mollig.« Sie sah an sich herunter. »Na ja, schlank bin ich wirklich nicht mehr. Da hast

du schon recht. Auch wenn man nicht gerne hört, dass man dick sei.«

»Ich habe nicht *dick* gesagt, sondern *mollig*«, verteidigte sich Jim. »Ich mag Mollige.«

»Danke«, sagte sie.

»Ich bring dann mal den Staubsauger weg«, sagte Jim.

»Ja, aber pass auf, dass er nicht noch mal losrast!«, rief sie und ging vorsichtig hinter ihm her zum Schrank.

Als Jim wieder zurückkam, sagte er halblaut zu Gali: »Wird wohl heute nichts mit dem Materialisieren!«

Aber da täuschte er sich, denn wenig später streckte Tante Larissa den Kopf in Jims Zimmer und sagte: »Es hat aufgehört zu regnen. Ich geh noch mal in die Stadt, Jim. Vielleicht sollte ich wirklich mal nach einer neuen Bluse schauen. Sie muss ja nicht unbedingt rot sein.«

Und schon war sie aus der Wohnung verschwunden.

Diesmal starteten Jim und Gali die Materialisation nicht in der Küche, sondern nahmen die Eisenpfanne mit ins Zimmer. Um ganz sicherzugehen, schloss Jim sogar die Tür ab. Dann stellte er die Pfanne in der Zimmermitte auf den Fußboden.

Die Materialisation der Pille dauerte länger als beim Schokoladenkuchen, lief aber fast genauso ab: Der untere Teil von Galis Kugelkörper färbte sich gelb, dann grün, dann hellblau. Wie beim vorigen Mal wanderten die Farben immer höher und änderten sich dabei ständig. Und am Ende, als die gelbe Farbe oben angekommen war, fuhren kleine Blitze zwischen Galis Antennen hin und her.

Eine Handbreit über dem Pfannenboden schwebten nun winzige durchsichtige Teilchen. Jim wartete gebannt darauf, dass sie sich verdichteten, aber das dauerte noch drei, vier Minuten. Es war offenbar leichter, einen Schokoladenkuchen zu materialisieren, als eine EWP! Erst schwirrten die kleinen Teile wild durcheinander, dann formten sie einen Ring, der immer enger wurde. Als der Ring kaum größer war als eine Centmünze, fiel er auf die Pfanne, zog sich da noch ein bisschen zusammen – und bildete eine kleine weiße Pille.

»Ist das jetzt die Erwachsen-werden-Pille?«, fragte Jim.

»Was denn sonst? Denkst du, ein Hühnerauge, Hühnerauge?«, fragte Gali. Man merkte, wie zufrieden er mit sich war.

Jim nahm die Pille vorsichtig mit zwei Fingern auf und betrachtete sie.

»Und was genau passiert, wenn ich die Pille nehme?«

»Kommt drauf an. Wenn du die Pille herunterschluckst,

bleibst du für immer erwachsen. Aber vielleicht solltest du erst einmal testen, ob du das wirklich willst, willst?«, sagte Gali warnend.

»Du hast recht«, sagte Jim. »Und wie geht das?«

»Du musst die Pille im Mund lassen. Dann löst sie sich langsam auf, und wenn sie fertig aufgelöst ist, wirst du wieder zu Jim. Du kannst sie auch ausspucken, dann verliert sie sofort ihre Wirkung, Wirkung.«

»Und wie lange dauert es, bis sich so eine Pille aufgelöst hat?«, fragte Jim. Er war jetzt sehr aufgeregt. Vielleicht würde er sich wirklich an Alexander und Herrn Senkel rächen können.

»Manchmal eine halbe Stunde, manchmal zwei halbe Stunden, manchmal drei halbe Stunden«, sagte Gali. »Es kommt darauf an, wie nass sie in deinem Mund wird, wird.«

»Am besten, ich schiebe die Pille in meine Backentasche wie ein Hamster«, überlegte Jim. »Da hält sie sich am längsten.«

»Gute Idee, Idee«, sagte Gali.

Jim strahlte. »Dann legen wir gleich morgen früh los. Ich werde einfach vor Onkel Hans-Gert und Tante Larissa aufstehen, dann nehme ich die Pille und schleiche mich aus der Wohnung.«

Mittwoch

Ein fremder Mann im Bad

Am nächsten Morgen um fünf Uhr dreißig piepte der Wecker. Kurz darauf hupte er, und dann bellte er wie ein Hund.

»Gali, lass das bitte!«, rief Jim. Er hatte in der Nacht noch lange wach gelegen und war ganz und gar nicht ausgeschlafen. »So früh am Morgen kann ich deine Elektro-Witze noch nicht vertragen. Außerdem weckst du noch den Onkel und die Tante auf!«

Der Wecker stellte sich von alleine aus.

»Die schlafen fest«, sagte Gali. Er war offenbar schon munter, denn sein Körper leuchtete in einem kräftigen Rot. »Dein Onkel macht komische Geräusche aus dem Mund. Ungefähr so: ›Chrrrpüh, Chrrrpüh!‹«

»Du meinst, er schnarcht? Woher willst du das wissen?«, fragte Jim.

»Ich hab ihn gesehen und gehört, gehört!«

»Wie denn? Wo denn?«, fragte Jim aufgeregt.

»Ich habe mich heute Nacht ins Zimmer von ihnen geschlichen«, sagte Gali.

»Was?! Aber warum?« Jetzt war Jim hellwach.

»Ich wollte doch deine Tante und den Onkel mal kennenlernen. Kein Grund zur Aufregung. Niemand hat mich gesehen. Und ich habe etwas sehr Interessantes gelernt, gelernt.«

»Was denn?«

»Es gibt Menschen, die keine Haare haben wie Jim. Dein Onkel ist oben auf dem Kopf ganz rund und glatt, wie ein Galimat, Galimat!«

Jim lachte leise. »Das nennt man eine Glatze. Die haben viele Menschen, wenn sie älter werden, weil ihnen dann die Haare ausfallen.«

»Hast du auch keine Haare, wenn du erwachsen bist, bist?«, fragte Gali.

Das erinnerte Jim daran, dass es höchste Zeit für die Pille war. Er hatte sie vor dem Einschlafen auf das Nachtschränkchen gelegt. »Das werde ich gleich sehen«, sagte Jim, nahm die Pille mit spitzen Fingern auf und wollte sie in den Mund stecken.

»Halt!«, rief Gali. »Zieh erst deinen Schlafanzug aus, aus!«

»Wieso?«, fragte Jim.
»Weil er sonst platzt, wenn du groß wirst! Ist doch logisch, logisch.«
»Stimmt«, sagte Jim. »Daran hab ich nicht gedacht. Ich mach das besser im Badezimmer.« Er wollte sich vor Gali nämlich nicht so gerne nackt zeigen.
Leise schlich er also ins Badezimmer, verriegelte die Tür von innen und zog sich aus. Dann stand er eine Weile stumm auf der Badematte und starrte auf die kleine Pille in seiner Hand. Sosehr er sich wünschte, dass sie wirkte – irgendwie hatte er auch ein bisschen Angst vor diesem Abenteuer.
Schließlich gab er sich einen Ruck und steckte die Pille in den Mund. Als sie seine Zunge berührte, fing plötzlich alles an, sich zu drehen. Jim taumelte und fiel halb ohnmächtig auf die Badezimmermatte.
Nach einer Weile, es konnten zehn Minuten vergangen sein, aber auch zehn Sekunden, kam er zu sich und stand auf. Gleich darauf stieß er einen Schreckensschrei aus. Ein unbekannter Mann blickte ihn im Badezimmerspiegel an.
Jim hatte immer gefunden, dass der Spiegel viel zu hoch angebracht war. Er konnte am unteren Rand gerade noch seinen Kopf sehen, nie aber seinen Bauch.

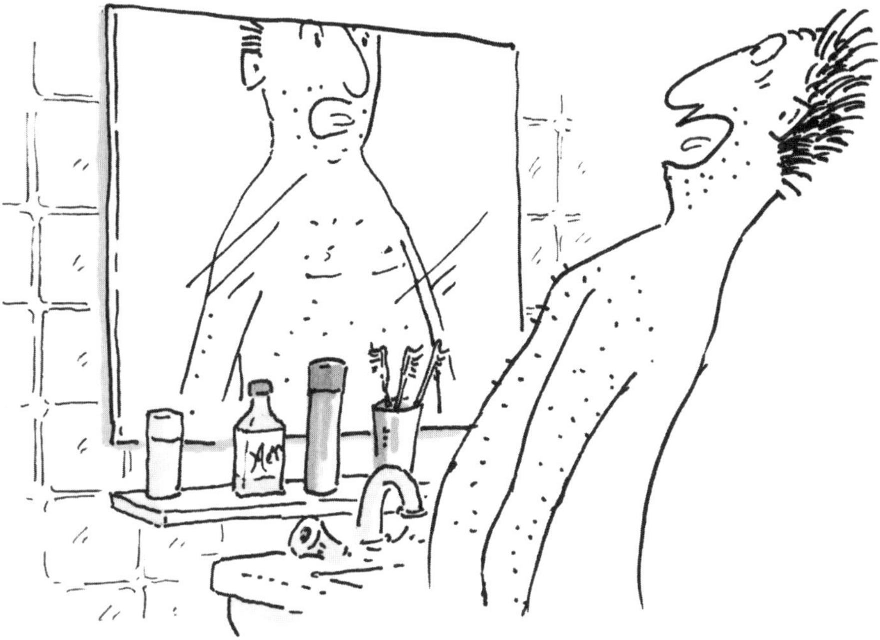

Jetzt war es umgekehrt.
Der nackte Bauch des Mannes nahm fast den ganzen Platz im Spiegel ein. Vom Gesicht waren gerade noch die Augen, die Nase und das unrasierte Kinn zu sehen. Jim trat erschrocken einen Schritt zurück. Gleichzeitig machte der Mann im Spiegel ebenfalls einen Schritt nach hinten. Da begriff Jim endlich, dass er sich selbst sah.
Er neigte den Kopf und betrachtete seine Haare. Sie waren dunkel wie vorher auch. Allerdings hatten sie sich

oberhalb der Stirn schon gelichtet. Genau so sah Onkel Hans-Gert auf dem alten Foto an der Wohnzimmerwand aus. Damals war er noch nicht kahl gewesen.
Wie alt ich jetzt wohl bin?, fragte Jim sich. Dumme Frage. Natürlich bin ich zehn. Ich muss fragen: Wie alt sehe ich wohl aus?
Er entschied, dass er wie ein Vierzigjähriger aussah.
Sein Schlafanzug lag zusammengerollt auf dem Hocker. Gut, dass er Galis Rat befolgt und ihn vorher ausgezogen hatte!
Jim nahm Onkel Hans-Gerts Morgenmantel vom Haken und zog ihn an. Aber gerade als er aufschließen und in sein Zimmer zurückschleichen wollte, rüttelte jemand heftig an der verschlossenen Badezimmertür.
»Jim? Jim, bist du das? Bist du da drinnen?«
Jims Aufschrei beim Anblick seines Spiegelbilds hatte den Onkel wohl aus dem Schlaf gerissen.
»Ja, das bin nur ich!«, rief Jim.
Aber natürlich hatte sich nicht nur sein Äußeres verändert, sondern auch seine Stimme.
Draußen zuckte Onkel Hans-Gert zusammen und zog sich verdattert ins Schlafzimmer zurück. Dort rüttelte er Tante Larissa wach.
»Was ist los?«, fragte sie erschrocken.

»In unserer Wohnung ist ein fremder Mann!«, flüsterte Onkel Hans-Gert.
»Ach was, das bildest du dir ein«, sagte sie. »Du hast die Flurtür doch abgeschlossen. Zwei Mal, wie jeden Abend. Da kann gar niemand sein.«
»Ich hab ihn aber gehört!«, sagte Onkel Hans-Gert. »Er versteckt sich im Bad. Hast du ihn reingelassen? Kennst du ihn? Wer ist das?«
»Wie? Am Ende willst du noch behaupten, er sei mein heimlicher Liebhaber?!«, rief Tante Larissa. »Drehst du jetzt durch?«
»Pssst! Nicht so laut«, sagte Onkel Hans-Gert. Er wagte sich ein paar Schritte aus der Schlafzimmertür. Aber gleich darauf kam er schon wieder hastig zurück.
»Gerade ist er aus dem Bad gerannt«, flüsterte er Tante Larissa zu.
»Und du täuschst dich wirklich nicht?«, fragte Tante Larissa, während sie aus dem Bett stieg und in ihre Hausschuhe schlüpfte.
»Ich bin doch nicht übergeschnappt!«, sagte er ärgerlich. »Das Unverschämteste ist: Dieser Typ hatte auch noch meinen Bademantel an!«
»Wo ist er denn hingerannt? Aus der Wohnung?«, fragte sie.

»Nein«, sagte der Onkel. »Er muss in Jims Zimmer gegangen sein.«
»Jims Zimmer?«, rief die Tante aufgeregt. »Ein fremder Mann bei unserem Jungen? Da müssen wir eingreifen! Komm mit!«

Jim war in der Zwischenzeit in sein Zimmer gerannt und stand nun vor Gali, der staunend an ihm hinaufsah.
»Sehr gute Wirkung meiner EWP!«, lobte sich Gali selbst. »Du bist so was von erwachsen! Gratulation, Herr Jim.«
Jim ging gar nicht darauf ein, sondern sagte mit seiner tiefen Männerstimme: »Was soll ich denn jetzt machen? Onkel Hans-Gert hat mich erwischt. Er kommt bestimmt gleich ins Zimmer! Was sagen wir ihm denn dann?!«
»Warum spuckst du die Pille nicht einfach aus, aus?«, fragte Gali.
»Du hast recht«, sagte Jim und spuckte die Pille in hohem Bogen aus dem Fenster.
Kurz darauf wurde die Tür aufgerissen. Onkel Hans-Gert und Tante Larissa kamen herein. Sie hatten sich in der Küche mit allerlei schweren Gegenständen be-

waffnet. Tante Larissa hielt die eiserne Pfanne, auf der Jim am Vortag getrommelt hatte, und Onkel Hans-Gert schwang einen Fleischklopfer in der Hand.
Die beiden blieben verblüfft im Türrahmen stehen.
Jim saß in Onkel Hans-Gerts viel zu großem Bademantel am Schreibtisch und blätterte in einem Lexikon.
Als die beiden nun langsam näher kamen, sah er auf und sagte unschuldig: »Guten Morgen. Was macht ihr denn hier?«
»Das warst du, im Bad?«, fragte Onkel Hans-Gert.
»Ja, wer denn sonst? Ich war heute etwas früher dran, weil ich vor der Schule noch ein paar Begriffe mit P lernen wollte«, behauptete Jim.
»Das ist also der fremde Mann!« Tante Larissa blickte ihren Mann kopfschüttelnd an. »Hans-Gert, du verrennst dich noch mit deiner fixen Idee von der Million! Da siehst du, wohin das führt: Du bist offensichtlich ein bisschen verwirrt.«
Damit drehte sie sich um und ging aus dem Zimmer, gefolgt von Onkel Hans-Gert.
Als die Tür hinter ihnen zufiel, schimpfte Jim los: »So ein Mist! So eine dumme, dämliche, oberdoofe Pleite! Die EWP hat tatsächlich funktioniert – und ich Idiot

habe sie aus dem Fenster gespuckt! Das nächste Mal muss ich alles viel besser vorbereiten.«
»Was für ein nächstes Mal, Mal?«, fragte Gali.
»Na, wenn du mir die nächste Pille materialisiert hast«, sagte Jim.
»Du glaubst wohl, das geht jetzt immer so weiter?«, fragte Gali. »Ich kann nicht mehr als allerhöchstens noch zwei Pillen materialisieren, sieren.«
»Na, immerhin. Dann habe ich noch zwei Chancen«, sagte Jim. »Jetzt muss ich erst einmal zur Schule. Aber heute Nachmittag machen wir einen richtigen Plan! Einen, der ganz sicher funktioniert!«

Jims genialer Plan

Da Tante Larissa am Nachmittag einen Friseurtermin im *Haarstudio Elisa* hatte, war das Materialisieren der Pillen Nummer zwei und drei schon fast so was wie Routine.
Erst wurde die Pfanne aus der Küche in Jims Zimmer geholt, Galis Körperfarbe änderte sich, Blitze zuckten zwischen seinen Antennchen hin und her, über der Pfanne schwebten zwei Ringe, die enger wurden – und

schließlich lagen zwei gelbe Pillen auf dem Pfannenboden.
Gali ließ sich zurücksinken und streckte die Füße senkrecht in die Höhe.

»War sehr, sehr, sehr anstrengend«, sagte er dabei. »Noch einmal will ich das nicht machen müssen. Nie und nichts mehr materialisieren, materialisieren.«
»Danke, dass du es trotzdem für mich gemacht hast«, sagte Jim. »Die Pillen sind aber diesmal gelb. Wirken die genauso?«
»Klar! Sie sind nur gelb, weil es zwei sind. Ist doch logisch, logisch«, erklärte Gali.
Jim gab sich damit zufrieden, zog die Schublade seines Schreibtischs auf und legte die beiden Pillen in eine leere Schachtel, in der sich vorher Pfefferminzbonbons

befunden hatten. Hier waren sie gut aufgehoben und versteckt.
Während er die Schublade wieder zuschob, sagte er: »Diesmal mache ich nicht den gleichen Fehler wie gestern. Diesmal muss alles perfekt geplant sein.«
»Dann plane mal, mal!«, sagte Gali und rollte sich zurück in die normale Lage.
»Morgen früh nehme ich die Pille und werde erwachsen«, sagte Jim. »Dann gehe ich in die Schule. Ich werde mich als Schulrat ausgeben.«
»Schulrat, Schulrat?«, fragte Gali.
»*Schulrat: höherer Schulbeamter* oder so ähnlich«, sagte Jim. »Ich bin doch noch nicht beim S.«
»Aber warum denn als Schulrat, Schulrat?«, fragte Gali.
»Wenn ein fremder Mann einfach so in die Schule kommt, wird er gleich gefragt, wer er ist und was er da will. Vielleicht holt der Direktor sogar die Polizei!«
»Und wenn du ein Schulrat bist, holt er nicht die Polizei, Polizei?«, fragte Gali.
»Ja. Als ich in der zweiten Klasse war, kam auch ein Schulrat zu Besuch. Unsere damalige Lehrerin, Frau Lammerer, hatte eine Lehrprobe und war sehr aufgeregt.«
»Und wie geht es weiter, weiter?«, wollte Gali wissen.

»Weiter? Sie hat dann eine gute Note bekommen.«

»Ich meine nicht diese Lummerer«, sagte Gali. »Ich will wissen, wie das mit dem Schulrat gehen soll, soll.«

»Ich werde mich vorher bei Herrn Direktor Leis ankündigen«, sagte Jim. »Und dann werde ich es Herrn Senkel mal zeigen. Du wirst schon sehen! Ich habe bereits einen genialen Plan.«

Donnerstag

Es kann losgehen

Am nächsten Morgen kam Onkel Hans-Gert nicht wie gewohnt im Anzug zum Frühstück, sondern in einem braun gemusterten Jackett und dunklen Hosen.
»Sag mal, Larissa. Hast du meinen dunkelgrauen Anzug zur Reinigung gebracht?«, fragte er.
»Sollte ich denn?«, fragte sie zurück.
»Nein, aber er ist weg!«
»Vielleicht hast du ihn selbst weggebracht?«
»Das müsste ich doch wissen«, sagte er. »Kann ich bitte mal das Wunschlisten-Heft haben?«
Sie reichte es ihm.
»Neuer Eintrag: drei elegante Anzüge«, sagte er dann. »Nein: *fünf* elegante Anzüge! Dann wird es nie mehr Probleme mit spurlos verschwundenen Anzügen geben.«
Sie blickte ihn von der Seite an. »Seit gestern Morgen

kann ich mir vorstellen, dass du deinen Anzug selbst in die Reinigung gebracht hast und dich nicht mehr daran erinnerst!«

Onkel Hans-Gert klappte das Heft zu und sagte zu Jim: »Deine Tante denkt wohl, ich bin völlig verwirrt, weil ich dich für einen fremden Mann gehalten habe!«

Jim bemühte sich, möglichst gleichgültig und unauffällig vor sich hin zu sehen. *Er* war es gewesen, der Onkel Hans-Gerts Anzug aus dem Schlafzimmerschrank geholt und in seinem eigenen Schrank aufgehängt hatte. Während Tante Larissa beim Friseur gewesen war, hatte er dazu reichlich Zeit gehabt. Dass er auch eines von Onkel Hans-Gerts Hemden und eine Unterhose mitgenommen hatte, war dem noch gar nicht aufgefallen.

»Der Anzug wird sich schon wiederfinden«, sagte Onkel Hans-Gert schließlich. »Wenden wir uns lieber Jim und dem Buchstaben P zu!«

Und da Jim einwandfrei erklären konnte, was man sich unter *Paragraf* und *Pfefferfresser* vorzustellen hatte, legte ihm der Onkel großzügig vier Scheiben Wurst aufs Brot.

Dann erst fiel ihm auf, dass Jim noch im Schlafanzug am Tisch saß.

»Müsstest du nicht längst angezogen sein?«, fragte Onkel Hans-Gert. »Es ist gleich halb acht!«
»Ich habe heute erst nach der großen Pause Unterricht«, sagte Jim. Das war natürlich eine dicke Lüge. Aber er musste ja warten, bis Onkel und Tante aus dem Haus waren.
»Weshalb das denn?«, fragte der Onkel.
»Herr Senkel hat einen wichtigen Termin beim Ohrenarzt. *Ohrenarzt: Mediziner, der sich mit den Krankheiten des Hörorgans befasst.*«
»Gute Gedächtnisleistung!«, lobte der Onkel. »So, nun ist es aber Zeit! Ich muss zur Arbeit. Wiedersehen, Jim. Wiedersehen, Larissa!«
Gleich darauf fiel die Flurtür ins Schloss. Onkel Hans-Gert war also schon einmal aus dem Weg. Jim stand vom Tisch auf.
Nun musste der nächste Teil seines Plans folgen. Er würde in seinem Zimmer die Pille einnehmen, erwachsen werden und in Onkel Hans-Gerts Anzug und Hemd schlüpfen. Dann würde er mit Direktor Leis telefonieren und sein Kommen als Schulrat ankündigen.
Das ging aber nur, wenn Tante Larissa vor ihm das Haus verließ. Schließlich sollte sie nicht das Gleiche erleben wie am Vortag: einen fremden Mann in der Wohnung!

»Ich zieh mich dann mal an«, sagte Jim im Hinausgehen.
Tante Larissa hatte es sich mit der Morgenzeitung gemütlich gemacht. Jetzt sah sie kurz auf und nickte.
Jim schloss seine Zimmertür hinter sich ab und holte eine der beiden Pillen aus der Schreibtischschublade. Dann zog er sich aus und steckte die Pille in den Mund. Es war wie beim ersten Mal. Jim taumelte … hatte ein Gefühl, als würde er das Bewusstsein verlieren … wurde wirklich ohnmächtig … kam wieder zu sich und stand als erwachsener Mann vom Teppich auf. Diesmal verlor er keine Zeit damit, sich zu begutachten. Er holte schnell Onkel Hans-Gerts Anzug und das Hemd aus dem Schrank und zog sich an.
Gali hatte das Ganze mit großen Augen beobachtet.
»Und wie geht's jetzt weiter?«, fragte er. »Die Tante ist doch noch in der Wohnung, Wohnung.«
»Nicht mehr lange«, flüsterte Jim. »Nun kommt der nächste Teil meines Plans!«
Er griff noch einmal in die Schublade, holte sein Handy heraus und wählte die Telefonnummer von Onkel Hans-Gert und Tante Larissa.
Durch die Wand konnten Gali und Jim drüben das Telefon klingeln hören. Die beiden lauschten.

Endlich nahm Tante Larissa den Hörer ab und sagte: »Spitzer.«
»Hier Liwandowsky«, sagte Jim mit seiner tiefen Männerstimme. »Spreche ich mit Frau Spitzer?«
»Ja, das tun Sie«, sagte Tante Larissa. »Worum geht's?«
»Vielleicht hat Ihnen Hans-Gert schon von mir erzählt«, sagte Jim. »Ich bin ein Arbeitskollege von ihm. Finanzamt, Einkommensteuer.«
»Ja, und?«, fragte Tante Larissa.
»Ich soll eine Bitte von Ihrem Mann ausrichten«, sagte Jim. »Sie sollen ihm ein weißes Hemd und eine Krawatte ins Amt bringen. Bei uns hat sich ganz unerwartet hoher Besuch angemeldet. Zwei Herren von der Obersten Finanzbehörde!«

Hier machte der angebliche Herr Liwandowsky eine Pause.
Tante Larissa wartete und wunderte sich über das Schweigen am anderen Ende der Leitung. Sie konnte ja nicht ahnen, dass

sich ihr Gesprächspartner ganz stark zusammenreißen musste, um nicht hinzuzufügen: *Behörde: eine Amtsstelle, die vom Staat mit der Führung von Amtsgeschäften beauftragt ist.*
Schließlich wiederholte sie: »Zwei Herren von der Finanzbehörde?«
Jim räusperte sich. »Ja, genau! Ihr Mann ist heute Morgen leider im Sporthemd ins Amt gekommen und will den hohen Herren korrekt gekleidet begegnen.«
»Weshalb ruft er denn nicht selbst an?«, fragte sie.
»Er ist oben im Sitzungssaal und bereitet schon mal den Empfang vor. Deshalb hat er mich beauftragt, mit Ihnen zu telefonieren.«
»Ich verstehe. Vielen Dank«, sagte Tante Larissa. »Sagen Sie ihm, dass ich gleich mit dem Hemd kommen werde.«
»Sie müssen es ihm gar nicht hochbringen«, sagte Jim schnell. »Am besten, Sie geben es unten beim Pförtner ab.«
»Danke«, sagte die Tante noch einmal und legte auf.
Kurz darauf hörte Jim, wie sie die Wohnung verließ.

Schulrat Dr. Pfeiffer

»Jetzt kommt Teil drei meines Plans«, sagte Jim.

»Was ist mit deiner Pille?«, fragte Gali. »Löst sie sich schon auf, auf?«

»Sie fühlt sich noch kein bisschen kleiner an!«

»Dann ist mir diesmal eine L. A. E. W. P. gelungen«, sagte Gali stolz.

»Eine was?«, fragte Jim.

»Eine Langsam-auflösende-erwachsen-werden-Pille, Pille!«

Jim ging nicht darauf ein. Er war nun ziemlich aufgeregt, als er zum Telefonhörer griff, die Nummer seiner Schule wählte und mit tiefer, männlicher Stimme nach Herrn Rektor Leis verlangte.

»Wen darf ich anmelden?«, fragte Frau Blümlein, die Sekretärin.

»Schulrat Dr. Pfeiffer vom Kultusministerium«, sagte Herr Jim. *»Kultusministerium: oberste Verwaltungsbehörde für den Bereich Schule und Bildung.«*

»Glauben Sie, ich weiß nicht, was ein Kultusministerium ist?«, sagte Frau Blümlein etwas beleidigt.

Gleich darauf meldete sich Herr Leis, der Rektor, am Telefon. »Ja, bitte?«

»Hier Dr. Pfeiffer vom Kultusministerium«, sagte Jim. »Pfeiffer mit drei ›f‹.«
»Drei ›f‹?«, fragte Herr Leis.
»Eines nach dem P, zwei in der Mitte«, sagte Jim. »Ich wollte für den heutigen Vormittag einen Unterrichtsbesuch bei Ihrem Herrn Senkel ankündigen.«
»So kurzfristig? Eine Lehrprobe?«, fragte der Rektor erstaunt. »Verwechseln Sie da nicht etwas? Herr Senkel ist immerhin schon sechs Jahre bei uns als Lehrer tätig!«
»Es handelt sich nicht um eine Lehrprobe, sondern, wie ich schon sagte, um einen Unterrichtsbesuch«, sagte Jim so streng wie möglich. »Sie müssen doch die Verordnung fünf des neuen Schulordnungsgesetzes auf Ihrem Schreibtisch haben. Paragraf neun, Absatz vier: ›Qualitätsprüfung, unangemeldet‹.«
Jim musste selber staunen, wie flüssig er den Namen des Gesetzes und der Verordnung erfand. Vielleicht lag es daran, dass er kein Kind mehr war, sondern ein erwachsener Mann?
»Ich muss gestehen, dass mir diese Verordnung nicht bekannt ist«, sagte Herr Leis.
»Nun, Sie haben bestimmt jede Menge Schriftkram zu bewältigen. Ich finde es ausgesprochen lobenswert von

einem Rektor, wenn er da auch einmal eine Verordnung ungelesen liegen lässt, um sich mehr seiner Tätigkeit als Lehrer zu widmen. Schließlich sind Sie Pädagoge und nicht Aktenbüffler.«

»Danke«, sagte Herr Leis geschmeichelt.

Jim fuhr fort: »Wir vom Kultusministerium müssen uns aber an die Vorschrift halten, dass Lehrer auch im sechsten Jahr unangemeldet auf ihre Lehrfähigkeit hin getestet werden sollen!«

»Und wann haben Sie vor, an unsere Schule zu kommen?«, fragte Herr Leis.

»Ich denke, dass ich es in einer Stunde schaffen kann. Ich komme nach der großen Pause«, sagte Jim.

»Soll ich Sie dann in Herrn Senkels Klasse begleiten?«

»Ist nicht nötig«, sagte Jim. »Ich weiß, wo ich hinmuss.«

»Aha, und woher wissen Sie das?«, fragte der Rektor.

»Äh … also … Wir vom Kultusministerium sind in allen Schulen über alles informiert. Schließlich gibt es Internet«, sagte Jim und legte schnell den Hörer auf.

»Gehst du jetzt in die Schule, Schule?«, fragte Gali.

»Genau das habe ich vor«, sagte Jim. »Willst du mitkommen?«

»Mitkommen? Dann sehen mich doch mehr als hundert Augen, Augen«, sagte Gali.
»Wenn du dich entmaterialisierst, kann ich ja dein Ohr in die Anzugtasche stecken. Da sieht es keiner, und du kannst alles mithören«, schlug Jim vor.
»Nein, das geht nicht, nicht«, sagte Gali.
»Aber warum?«, fragte Jim.
»Weil ich den Suchstrahl in diesem Zimmer losgeschickt habe! Wenn sie mich abholen wollen, kommen sie genau da hin. Und wenn sie mich nicht finden, entmaterialisieren sie sich wieder. Dann muss ich für immer hierbleiben, bleiben.«
»Wäre das denn so schlimm?«, fragte Jim.
»Ja, ziemlich schlimm, schlimm«, gab Gali zu.
»Na gut. Irgendwie kann ich dich ja verstehen«, sagte Jim. »Dann geh ich also allein. Aber wünsch mir wenigstens Glück!«
»Und was machst du, wenn sich die Pille aufgelöst hat und du wieder Jim bist?«, fragte Gali. »Die EWP hält nicht einen ganzen Vormittag lang. Kommst du dann in diesem großen Anzug zurück, zurück?«
»Daran habe ich gar nicht gedacht«, gab Jim zu. Er überlegte. »Am besten lege ich meine Kleider unten in den Keller. *Keller: unterstes Geschoss im Haus.* Das Bü-

gelzimmer dort hat ein großes Fenster zum Hof. Wenn ich das angelehnt lasse, kann ich später heimlich von außen hineinsteigen und mich umziehen.«

»Gute Idee!«, lobte Gali. »Und der Anzug vom Onkel, Onkel?«

»Den hänge ich unten über den Kleiderbügel und lasse ihn da«, sagte Jim. »Wenn Tante Larissa ihn entdeckt, wird sie denken, dass ihn Onkel Hans-Gert dort vergessen hat. Der Onkel bügelt nämlich seine Hosen immer selbst.«

Damit nahm der große Jim seine viel zu kleinen Kleider unter den Arm und ging aus dem Zimmer.

»Dann also viel Glück, Glück!«, rief ihm Gali hinterher.

Ja, Glück … das konnte Jim jetzt wirklich brauchen!

Jims Rache

Es klingelte gerade zum Ende der großen Pause, die Schüler strömten zurück in ihre Klassen, als ein hochgewachsener Mann durchs Schultor kam.

Er drängte sich zwischen den Schülern durch die Eingangshalle und wartete, bis der Flur sich fast ganz geleert hatte und alle in ihren Klassenzimmern verschwunden waren.

Nur Rebekka Schigglich kam wie so oft ein wenig zu spät aus dem Pausenhof. Sie kämpfte mit der Verpackung eines Schokoriegels, den sie noch schnell essen wollte. Essen im Klassenraum war verboten.

Als sie die Verpackung endlich entfernt hatte, blickte sie sich suchend nach einem Papierkorb um.

Da sagte eine tiefe Männerstimme hinter ihr: »Komm, gib mir die Verpackung, Rebekka! Mach schnell, sonst kriegst du noch einen Anschiss von Herrn Senkel!«

Rebekka blickte völlig verwirrt zu dem unbekannten Mann hoch, der ihren Namen kannte. Sie drückte ihm vor lauter Verwirrung tatsächlich das Plastiktütchen in die ausgestreckte Hand, und er steckte es in seine Jackentasche. Dabei lächelte er sie ganz merkwürdig an.

Rebekka rannte los, riss die Klassenzimmertür auf, blickte sich noch einmal misstrauisch nach dem Unbekannten um und trat schnell ein.

Als sie verschwunden war, atmete Jim tief durch. Er nahm seinen ganzen Mut zusammen und wollte schon an die Tür des Klassenzimmers klopfen, doch da öffnete sie sich, und Alexander Wiedehopf schlüpfte heraus, um seine Jacke an der Garderobenleiste aufzuhängen.

Ausgerechnet Alexander!
In Jim stieg der alte Zorn hoch. Er war jetzt mindestens ein Meter achtzig groß und hatte eine tiefe Bass-Stimme. Aber innerlich war er kein bisschen erwachsener als zuvor. Er fühlte sich immer noch wie der Jim, den Alexander zu Boden gestoßen und gegen das Bein getreten hatte.
Überwältigt von seiner Wut, packte er Alexander, hob ihn hoch und hängte ihn am Gürtel an der Garderobe auf. Da hing Alexander nun am Haken, zwischen Rebekkas roter Jacke und einem schweren gelben Gummiregenmantel.
»He, was machen Sie da?«, rief Alexander, als er sich von seinem Schock erholt hatte. Er bemühte sich, ganz steif zu hängen und sich nicht zu bewegen. Er hatte wohl Angst, sein Gürtel könnte reißen und er zu Boden stürzen, wenn er zappelte.
Jim baute sich in voller Größe vor ihm auf und kam ihm mit seinem Gesicht so nah, dass sich ihre Nasen fast berührten. »Alexander Wiedehopf! Wenn du nicht sofort deinen Mund hältst, kannst du was erleben!«, zischte er.
»Woher kennen Sie mich?«, fragte Alexander ängstlich.
»Habe ich dir nicht gesagt, du sollst deinen frechen Mund halten?«, fragte Jim. »Sei bloß still!«

Dann öffnete er die Tür und betrat das Klassenzimmer. Es wurde sofort ruhig im Raum, alle Schülerinnen und Schüler starrten Jim an. Der wandte sich an Herrn Senkel.

»Schulrat Dr. Pfeiffer«, stellte er sich vor. »Hat Ihnen Herr Leis mein Kommen angekündigt?«

»Ja, Herr Doktor Pfeiffer«, sagte Herr Senkel. »Obwohl ich wirklich nicht weiß, was dieser Besuch bedeuten soll.«

Jim ging nicht darauf ein und sagte streng: »Herr Senkel! Ich muss Ihnen gleich als Erstes sagen, dass ich Ihr Lehrerverhalten unmöglich finde, einfach unerfreulich und unwürdig!«

»Wie bitte? Lehrerverhalten?«, fragte Herr Senkel. »Ich habe doch noch kein Wort gesagt. Geschweige denn Unterricht gehalten.«

Jim schüttelte den Kopf. »Sie haben einen völlig veralteten Begriff von Erziehung! So ist man vor hundert Jahren mit seinen Schülern umgegangen. Das passt einfach nicht in die moderne Zeit!«

Herr Senkel war verblüfft. »Wieso? Was meinen Sie?«

»Was ich meine? Tun Sie nicht so, als ob Sie das nicht genau wissen«, rief Jim.

»Ich weiß wirklich nicht …«, fing Herr Senkel an.

»Dann kommen Sie mal mit in den Flur!«, befahl Jim und ging voraus. Er konnte allerdings nicht verhindern, dass er dabei murmelte: *»Flur: Vorraum in einem Gebäude, auch: die landwirtschaftliche Nutzfläche einer Siedlung, genannt Feldflur.«*

Herr Senkel folgte ihm zögernd, und auch die halbe Klasse kam neugierig hinter den beiden her.

Jim zeigte auf Alexander, der immer noch starr am Haken hing. »Sie können doch nicht einen aufsässigen Schüler zur Strafe im Flur an die Garderobe hängen!«

»Wer? Ich?!«

»Na, hängt hier vielleicht nicht Alexander Wiedehopf?«

Herr Senkel schüttelte den Kopf. »Ich hab den doch nicht da hingehängt!«

»Und wer soll es Ihrer Meinung nach gewesen sein, wenn nicht Alexanders Lehrer?«

»Woher kennen Sie eigentlich den Namen des Jungen?«, fragte Herr Senkel misstrauisch.
Nun fühlte sich auch Alexander wieder sicherer. Er zeigte auf Jim. »Der hat …«
Weiter kam er nicht, denn Jim herrschte ihn an: »Du sprichst nur, wenn du gefragt wirst!«
In diesem Augenblick kam Herr Rektor Leis dazu. Er wollte prüfen, ob der Schulrat schon eingetroffen war.
»Was soll das denn?«, fragte er und starrte auf die Garderobe, wo Alexander Wiedehopf immer noch am Haken hing.
Das war Jims Chance. Er wandte sich zum Rektor und sagte: »Herr Leis, wie Sie sehen, können Unterrichtsbesuche manchmal ganz aufschlussreich sein. Auch für Sie. Oder hätten Sie sich so veraltete Erziehungsmethoden bei Herrn Senkel vorstellen können?«

»Herr Senkel, was fällt Ihnen ein! Das ist ja unerhört!«, rief Herr Leis. »Jetzt nehmen Sie endlich Ihren Schüler vom Haken!«

Währenddessen fuhr Jim mit der Zunge in die Backentasche und erschrak. Von der Pille war nur noch ein winziges Stückchen übrig. Sie war schon fast ganz geschmolzen. Jeden Moment konnte ihre Wirkung nachlassen.

»Entschuldigen Sie!«, rief er. »Ich muss mal auf die Toilette! Dringend!« Dann rannte er schnell zum Klo.

Der Rektor rief ihm nach: »Herr Schulrat, die Lehrertoilette ist im ersten Stock!«

Und Herr Senkel rief: »Das hier sind die Schülertoiletten!«

Aber Jim hörte nicht auf die beiden und schlug die Tür der Schülertoiletten mit einem Knall hinter sich zu.

Herr Senkel und der Rektor blickten sich kopfschüttelnd an. Dann hängten sie Alexander von der Garderobe ab.

Der konnte endlich seinen Satz zu Ende sagen, zeigte auf die Toiletten und rief: »Der war das! Der Mann im Klo hat mich hier aufgehängt!«

»Bist du sicher?«, fragte der Rektor.

Alexander nickte. »Ja, hundertprozentig.«

»Vielleicht war das gar kein Schulrat!«, sagte Herr Senkel.
»Was denn dann?«, fragte der Rektor.
»Na, so ein Kinderschänder!«, flüsterte Herr Senkel dem Direktor zu.
Inzwischen stand fast die ganze Klasse neugierig um den Rektor, Herrn Senkel und Alexander herum.
Rebekka meldete sich. »Mich hat dieser Mann im Gang angesprochen«, sagte sie. »Er hat meinen Namen gekannt. Und er hat mich so komisch angeschaut.«
Der Rektor und Herr Senkel sahen sich vielsagend an.
»Lassen Sie uns zum Klo gehen«, sagte Herr Senkel. »Wir stellen ihn zur Rede!«
»Aber nicht vorschnell«, befahl der Rektor. »Vielleicht ist er ja wirklich ein Schulrat. Und wir wollen es uns mit der Behörde nicht verderben.«
Als die beiden zum Schülerklo gingen, kamen fast alle Schüler hinter ihnen her.
»Was soll das?«, schimpfte Herr Senkel. »Ihr geht sofort ins Klassenzimmer!«
Die Schüler wichen widerwillig zurück, blieben aber in der geöffneten Tür des Klassenzimmers stehen.
Die Schülertoiletten bestanden aus sechs Einzelkabinen.
Alle Türen standen halb oder ganz offen. Bis auf eine!

Herr Leis klopfte an die geschlossene Tür und rief: »Hallo, Herr Schulrat! Entschuldigen Sie! Was ist mit Ihnen, Herr Schulrat? Fühlen Sie sich nicht wohl?«
Die Tür ging einen Spalt auf, und Jim, der wieder zum Jungen geworden war, streckte seinen Kopf heraus. Mehr konnte er nicht zeigen, weil er ja den viel zu großen Anzug von Onkel Hans-Gert anhatte.
»Jim, *du* bist da drinnen!«, rief Herr Senkel. »Weshalb bist du so spät gekommen?«
»Mir geht's nicht gut«, behauptete Jim. »Ich hab gestern wohl etwas Falsches gegessen. Ich muss die ganze Zeit brechen, schon seit ich angekommen bin.«
»Am besten, du gehst wieder nach Hause. Aber morgen bringst du mir eine Entschuldigung!«, befahl Herr Senkel. »Mit der Unterschrift eines Erziehungsberechtigten. Verstanden?«
Der Rektor schob ihn zur Seite. Das Zuspätkommen eines Schülers interessierte ihn nämlich in diesem Augenblick kein bisschen.
Er fragte: »Hast du einen Mann hier reingehen sehen?«
»Ja, so einen Großen«, log Jim. »Der ist reingekommen und sofort dort durchs Fenster ausgestiegen!«
»Durchs Fenster?«, riefen die beiden, rannten zum halb geöffneten Fenster und sahen hinaus.

Natürlich war draußen weit und breit kein Schulrat mehr zu sehen.
»Das sind gerade mal ein Meter fünfzig vom Fensterrand bis nach unten zum Rasen«, sagte der Rektor. »Es ist nicht schwer, da hinunterzuhüpfen. Das würde sogar ich noch schaffen, auf meine alten Tage.«
»Sie sind doch nicht alt, Herr Direktor«, sagte Herr Senkel. »Ich bitte Sie! «
»Danke für das Kompliment«, antwortete der Rektor. »Aber jetzt werden wir wohl die Polizei von dem Vorfall benachrichtigen müssen. Kommen Sie bitte mit aufs Rektorat, falls es Fragen gibt!«
Das war die Gelegenheit für Jim! Er krempelte die Hosenbeine hoch, stieg aus dem Fenster und rannte ungesehen aus dem Schulgelände und nach Hause.
Natürlich sprach sich der Vorfall unter den Schülern schnell herum, obwohl der Rektor, Herr Senkel und auch Frau Blümlein versprochen hatten, Stillschweigen darüber zu wahren. Aber ein fremder Mann, der einen Schüler an einen Garderobenhaken hängt und dann durchs Fenster flüchtet, lässt sich an einer Schule kaum geheim halten. Überall herrschte große Aufregung. Die meisten fanden es nur schade, dass man nicht jeden Tag von solchen Ereignissen erzählen konnte!

Dass ausgerechnet Alexander Wiedehopf am Haken gehangen hatte, bedauerte keiner.

Tante Larissas seltsamer Vormittag

Jim wartete zu Hause im Bügelzimmer, bis die Glocke vom nahen Kirchturm erst viermal tief und dann einmal hoch schlug: ein Uhr! Das war die Zeit, zu der er normalerweise aus der Schule kam.
Wie immer ging er zuerst in die Küche und begrüßte Tante Larissa, die gerade dabei war, das Mittagessen auf den Tisch zu stellen.
»Na, wie war's heute?«, fragte sie.
»Nicht so gut«, sagte Jim. Er dachte daran, dass er ja eine unterschriebene Entschuldigung brauchte. »Ich muss dir was sagen, Tante. Ich hatte gar nicht erst zur großen Pause Unterricht, sondern normal wie immer.«
»Du hast also die ersten beiden Stunden geschwänzt?«, fragte sie. »Warum denn?«
»Da hatten wir Mathematik, und das hasse ich«, sagte Jim.
»Du hast mich und Onkel Hans-Gert angeschwindelt!«, sagte Tante Larissa. »Das finde ich gar nicht schön!«

»Tut mir leid«, sagte Jim. Insgeheim überlegte er, was sie wohl sagen würde, wenn sie wüsste, wie sehr viel mehr er geschwindelt hatte! »Kannst du mir trotzdem eine Entschuldigung schreiben?«, fragte er.
»Na gut, wenn's bei diesem einen Mal bleibt!«, sagte sie.
Jim atmete durch.
Als sie kurz darauf beim Mittagessen zusammensaßen, erzählte Tante Larissa von einem merkwürdigen Vormittagserlebnis. »Stell dir vor: Als ich heute Morgen die

Kühlschranktür aufmachte, kam plötzlich Musik aus dem Tiefkühlfach!«

»Musik?«, fragte Jim. »Aus dem Kühlschrank?«

»Ja«, bestätigte sie. »Leider war es nur Hardrock, oder wie man das nennt. Bei etwas sanfterer Musik hätte ich ja nichts dagegen gehabt.«

»Und dann?«, fragte Jim.

»Hab ich die Kühlschranktür schnell wieder zugemacht.«

»Und dann?«, fragte Jim noch einmal.

»Im selben Moment hat der Elektroherd angefangen. Seine Musik fand ich viel besser. Ich glaube, es war ein Walzer. Dann hat aber das Telefon geklingelt, und die Musik hat aufgehört«, erzählte sie.

»Wer hat denn angerufen?«, fragte Jim.

»Ein Herr Lewandowsky …«

Beinahe hätte Jim sie verbessert und »*Li*wandowsky!« gesagt. Er konnte sich aber noch rechtzeitig bremsen und fragte: »Was wollte der denn?«

»Ich sollte ein Hemd und eine Krawatte ins Finanzamt bringen, für Onkel Hans-Gert. Der brauchte aber gar keine Krawatte. Und einen Herr Lewandowsky gibt es auf dem Amt auch nicht. Ein wirklich seltsamer Vormittag!«

»Ja, wirklich seltsam«, bestätigte Jim, ohne dabei der Tante ins Gesicht zu sehen.

Er war sehr froh, als er nach dem Essen wieder in seinem Zimmer war. Doch da wartete schon Gali mit den gleichen Fragen wie Tante Larissa.
»Na, wie war's in der Schule, Schule?«
Jim seufzte. »Nicht so gut.«
»Warum nicht gut?«, fragte Gali. »Hast du dich denn nicht gerächt, gerächt?«
»Doch, das habe ich«, sagte Jim.
Er erzählte, wie er Alexander an den Kleiderhaken gehängt hatte und schließlich aus dem Fenster geflüchtet war.
»Und? Bist du jetzt zufrieden, zufrieden?«, fragte Gali.
Jim schüttelte den Kopf. »Das ist es ja. Ich bin überhaupt nicht zufriedener als vorher.«
»Warum hast du es dann getan, getan?«, fragte Gali.
»Ich war so wütend auf Alexander«, sagte Jim. »Ich wollte meine Wut loswerden.«
»Ist die jetzt los, los?«
»Ja«, sagte Jim. »Aber morgen ist Alexander bestimmt wieder genauso gemein zu mir wie vorher, und über Rebekka macht er auch wieder dumme Sprüche.«

»Meinst du Rebekka Dicklich?«, fragte Gali. »Ich würde sie wirklich gerne mal sehen, sehen.«
»Warum willst du immer Rebekka kennenlernen?«
»Weil ich nur einen dünnen Menschen kenne, nämlich dich. Und dann kenne ich noch einen ohne Haare, der oben glatt ist. Aber keinen kugeligen wie mich, mich.«
»Sie ist nicht kugelig wie du!«, sagte Jim ärgerlich. »Ich habe nur gesagt, sie ist ein bisschen mollig. *Mollig: rundlich, von weichen Formen.*«
»Hast du dem Alexander gesagt, dass er sich über die mollige Rebekka nicht mehr lustig machen darf, darf?«
»Nein! Ich konnte Alexander nicht einmal sagen, dass er Jim ab sofort in Ruhe lassen soll. Ich war einfach zu wütend und habe viel zu wenig überlegt. Und was hat das Ganze gebracht? Nichts!«
»Schade«, sagte Gali. »Aber bei der zweiten Pille wirst du alles besser machen, machen.«
»Nein!« Jim schüttelte den Kopf. »Ich werde nie mehr als Erwachsener in die Schule gehen. Die letzte Pille bleibt in der Schublade. Die hebe ich gut auf, für Notfälle.«
»Warum habe ich sie dann materialisiert, wenn du sie nicht benutzt, benutzt?«, fragte Gali.
»Ich hatte mir das alles ganz anders vorgestellt«, sagte Jim. »Es ist gar nicht so einfach, erwachsen zu sein.«

Freitag

Rebekka

Als Daniel am nächsten Morgen wie üblich bei Jim vorbeikam, hätte der sich beinahe verraten.
Er sagte nämlich: »Ach, der gelbe Mantel gehört *dir*!«
Den Mantel, den Daniel heute trug, hatte Jim gestern an der Garderobe hängen sehen. Aber da war er ja angeblich gar nicht in der Schule gewesen.
Zum Glück hatte Daniel nicht richtig zugehört und antwortete: »Ja, das ist mein neuer Mantel. Den muss ich jetzt leider immer anziehen. Da bist du auch mit schuld! Du bist auf die Idee gekommen, dass wir den alten bei euch lassen, ausgerechnet an dem Tag von diesem Unwetter.« Das war es aber nicht, was er eigentlich erzählen wollte, denn gleich darauf sprudelte er los: »Mann, Jim, wie schade, dass du gestern gefehlt hast! Du glaubst nicht, was da passiert ist! Das absolute Chaos!«
»Was war denn los?«, fragte Jim.

»Ein fremder Mann kam in die Schule und hat Alexander an die Garderobe gehängt!«
»An die Garderobe?« Jim tat überrascht.
»Ja, und die ganze Klasse hat es gesehen. Außer dir natürlich. Wir haben vielleicht gelacht!«, erzählte Daniel. »Danach war Alexander ganz kleinlaut und hat überhaupt keine blöden Bemerkungen mehr gemacht. Auch nicht zu Rebekka.«
»Dann hat es sich ja doch gelohnt«, sagte Jim zufrieden und hätte sich damit zum zweiten Mal fast verraten.
»Was hat sich gelohnt?«, fragte da auch schon Daniel.
»Dass dieser fremde Mann ausgerechnet Alexander an die Garderobe gehängt hat«, sagte Jim schnell. »Und wie ging es weiter?«
Das interessierte Jim wirklich. Schließlich hatte Alexander noch am Haken gehangen, als er ins Schülerklo geflüchtet war.
»Herr Leis und Herr Senkel haben Alexander dann abgehängt. Der fremde Mann war da aber längst aus dem Fenster gestiegen und verschwunden.«
»Hmm«, machte Jim.
»Da fällt mir noch was ein«, sagte Daniel. »Der Mann hat Rebekka vorher im Flur angesprochen. Er wollte sie

entführen. Sie ist aber ganz schnell ins Klassenzimmer gerannt und war in Sicherheit.«
»Hmmm!«, machte Jim noch einmal.
Inzwischen waren sie bei der Schule angelangt. Wieder wartete Rebekka dort.
»Geht's dir besser, Jim?«, fragte sie gleich. »Schade, dass du gestern gefehlt hast.«
»Hallo, Rebekka«, begrüßte Jim sie. »Daniel hat mir schon erzählt, was gestern los war.«
Daniel hatte inzwischen Danni entdeckt, ließ die beiden stehen und unterhielt sich mit ihr.
»Aber dass mich der fremde Mann entführen wollte, hat er bestimmt nicht erzählt! Oder?«, fragte Rebekka.
»Wieso glaubst du, dass er dich entführen wollte?«, fragte Jim.
»Er hat mich ganz komisch angeschaut. So, als würde er mich kennen. Und meinen Namen wusste er auch«, erzählte sie. »Ich bin aber schnell ins Klassenzimmer gerannt.«
»Da hast du ja noch mal Glück gehabt«, sagte Jim.
»Ja, das stimmt«, sagte sie. Sie schaute Jim von der Seite an und fragte: »Hätte es dir was ausgemacht, wenn er mich entführt hätte?«
»Na klar!«, sagte Jim. »Ich hätte den Entführer gesucht,

hätte ihn in seinem Versteck aufgespürt, ihn überwältigt und dich befreit.«

»Du hättest ihn überwältigt?«, fragte sie, musste aber sehr lachen dabei.

»Natürlich«, sagte Jim und lachte auch. »Ich hätte ihn gefesselt und dich zurückgeholt.«

»Das ist nett von dir«, sagte sie.

Da ging Alexander vorbei, und zwar ganz ohne Jim zu stoßen oder ihn gar zu treten. Er konnte es sich aber nicht verkneifen, den beiden zuzurufen: »Jim Besserwisser und Rebekka Dicklich sind verliebt!«

Daniel rief zurück: »Wenn man *mich* wie einen Regenmantel aufgehängt hätte, wäre ich mal lieber still!«

Danni lachte laut.

Alexander kam zurück und sagte wütend: »Ja, jetzt habt ihr was zu lachen!« Er drehte sich zu Jim. »Und du hast gestern bestimmt am lautesten gelacht. Ha, ha!«

»Ich habe überhaupt nicht gelacht. Ich war gestern doch gar nicht in der Schule«, sagte Jim.

»Stimmt«, sagte Alexander. »Dann bist du der Einzige, der mich nicht gesehen hat.« Er ging weiter, drehte sich aber auf halbem Weg zur Schultür noch mal zurück. Jim erwartete schon die nächste Gemeinheit. Aber zu seiner Überraschung nickte Alexander ihm nur zu. Fast

freundlich. Er schien froh darüber zu sein, dass Jim als Einziger nicht über ihn hatte lachen können. Ein Glück, dass er nicht wusste, welche Rolle Jim in Wahrheit gespielt hatte.
Bevor Jim weiter darüber nachdenken konnte, klingelte die Schulglocke.
»Treffen wir uns in der Pause?«, fragte Rebekka.
Jim nickte. Gleichzeitig ärgerte er sich, dass nicht *er* diese Frage gestellt hatte.
Die Mädchen waren einfach mutiger. Jedenfalls mutiger als Jim.

In der großen Pause standen die Mädchen für gewöhnlich in einer Ecke des Schulhofs, redeten, sendeten Nachrichten auf ihren Handys und zeigten sich gegenseitig Fotos. Die Jungen standen auf der anderen Hofseite. Bis vor Kurzem hatten sie in der Pause meist Fußball gespielt oder waren herumgerannt. Neuerdings waren auch sie mit ihren Handys beschäftigt, zeigten sich Spiele oder fotografierten heimlich die Lehrer, die gerade Pausenaufsicht hatten.
Diesmal wollte Jim mutiger sein als Rebekka. Er wartete nicht, dass sie zu den Jungs herüberkam, sondern schlenderte hinüber zu den Mädchen.

Rebekka tippte gerade irgendetwas in ihr Handy ein.
»An wen schreibst du?«, fragte Jim.
»An Danni«, sagte sie, obwohl Danni keine fünf Meter weiter stand. »Ich hab sie was gefragt, was die anderen nicht hören sollen.«
»Erzählst du mir, was du gefragt hast?«
Sie lachte. »Ob ich dir meine Handynummer geben soll.«
»Und was hat sie geantwortet?«, fragte Jim.
»Nur ›Ja‹. Und? Willst du sie haben?«
»Ja, aber ich habe mein Handy nicht dabei«, sagte Jim.
»Macht nichts. Dann sag mir halt deine Nummer.«
»Die weiß ich nicht aus dem Kopf. Ich ruf mich ja nicht selber an.«
Rebekka sah ihn verwundert an. »Du weißt doch sonst

alles auswendig.« Sie ging zu Danni hinüber. »Hast du was zu schreiben dabei?«

Danni kramte in ihrer Jackentasche und zog einen Kugelschreiber heraus.

»Das hier ist meine Nummer«, sagte Rebekka zu Jim und schrieb Zahlen auf ein Papiertaschentuch. »Ruf mich einfach mal an, wenn du Zeit hast, dann hab ich deine Nummer auch.«

»Das mache ich«, sagte Jim. »Könnten … könnten wir uns am Sonntag vielleicht sogar mal treffen?«

»Ja, warum nicht?«, sagte sie.

Und Jim ging fröhlich pfeifend zurück zu den anderen Jungs.

Samstag

Jims Kindermärchen

Am Samstagmorgen schliefen alle lang. Nur Tante Larissa war schon wach und saß angezogen in der Küche, die Zeitung vor sich, als Jim im Schlafanzug dazukam.
»Was gibt's Neues?«, fragte er. »Du hast ja wieder eine Menge angestrichen!«
Tante Larissa las die Zeitung nämlich meistens mit einem Kugelschreiber in der Hand und schrieb Kommentare an den Rand. Manchmal ein *Sehr gut*!, wenn ihr eine Idee oder eine Meldung gefiel. Viel öfter schrieb sie *Nicht zu glauben!* oder *Ein schlechter Witz!* oder *Ein Skandal!*
»Wieder so ein korrupter Manager«, sagte Tante Larissa und zeigte auf ein Foto.
»*Korrupt: bestechlich, unehrlich*«, zitierte Jim.
»Ja. Deswegen steht er jetzt vor Gericht«, sagte sie.
Jim setzte sich zu ihr an den Tisch.

Nach einer Weile kam auch Onkel Hans-Gert aus dem Badezimmer.

»Ist die Post schon da?«, fragte er Tante Larissa.

»Ich weiß es nicht. Da musst du selber nachschauen«, sagte sie.

»Im Bademantel?«, fragte er. »Kannst *du* nicht gehen, bitte?«

»Ist das denn so wichtig?«, fragte sie. »Die Post ist in einer halben Stunde auch noch da.«

Dann ging sie aber doch.

»Ich erwarte einen ganz wichtigen Brief«, sagte Onkel Hans-Gert währenddessen zu Jim. »Wichtig für uns alle!«

Da kam Tante Larissa auch schon zurück, einen offiziell aussehenden Briefumschlag in der Hand.

»Jetzt verstehe ich, warum du so ungeduldig bist«, sagte sie zu ihrem Mann. Und weil Jim sie fragend ansah, hielt sie ihm den Brief so hin, dass er den dick gedruckten Absender lesen konnte: SAT NEUN, *Redaktion Unterhaltung*.

Das war der Fernsehsender, in dem *Superwisser* lief!

Onkel Hans-Gert sagte: »Es sollte eine Überraschung für dich sein, Jim! Ich habe nämlich an den Sender geschrieben und erzählt, dass wir einen Neffen haben, der über ein außerordentliches Gedächtnis verfügt. Der wie geschaffen ist für *Superwisser*. Sie würden keinen besseren Kandidaten finden, habe ich geschrieben. Und es wäre doch eine Sensation für die Zuschauer, wenn ein Zehnjähriger alle Fragen beantwortet.«

Er griff zum Brotmesser, um den Umschlag aufzuschneiden.

»Eine bessere Werbung für den Sender kann ich mir nicht vorstellen«, sagte er dabei. »Ich bin gespannt, für wann sie dich einladen!«

»Aber ich bin doch erst beim P!«, rief Jim.

»Keine Sorge!«, sagte der Onkel. »Du bist bestimmt nicht gleich in der nächsten Sendung dran. Die haben immer eine Vorlaufzeit von vier, fünf Wochen. Bis dahin bist du mit dem Z längst durch.«

Feierlich zog er den Brief aus dem Umschlag und las. Dabei wurde sein Gesicht immer länger, sein Gesichtsausdruck zunehmend düsterer.

Dann legte er den Brief zur Seite und schüttelte traurig den Kopf. »Alles aus. Alles vorbei! Das Wunschlisten-Heft können wir in den Papierkorb werfen.« Er strich Jim über den Kopf und sagte matt: »Armer Jim, du hast umsonst gebüffelt.«

»Warum? Was ist denn?«, fragte Tante Larissa.

Onkel Hans-Gert nahm den Brief wieder auf und las vor: »Sehr geehrter Herr Spitzer, wir danken Ihnen für Ihr Schreiben und für den Vorschlag, Ihren Neffen als Kandidaten für *Superwisser* anzumelden. Leider müssen wir Ihnen mitteilen, dass bei unserer Sendung nur Erwachsene zugelassen sind, die das achtzehnte Lebensjahr vollendet haben.«

Tante Larissa rechnete. »Aber das heißt ja, dass wir noch acht Jahre warten müssen mit der Million!«

»Stimmt genau. Dann bin ich schon pensioniert«, sagte Onkel Hans-Gert düster. »Dann sind wir beide schon alte Leute.«

»Nun übertreib mal nicht so!«, sagte Tante Larissa. »In acht Jahren sind wir noch lange nicht alt! Und wenn du pensioniert bist, hast du viel mehr Freizeit und kannst dein ›gut gesichertes Gartenhaus mit Blitzableiter und Alarmanlage‹ besser genießen.«

»Trotzdem«, sagte Onkel Hans-Gert. »Trotzdem!«

Danach saßen eine Weile alle schweigend da. Das Frühstück stand unberührt vor ihnen auf dem Tisch. Keiner aß davon, auch Jim nicht. Der Brief hatte ihm den Appetit genommen. Er spürte die übergroße Enttäuschung von Onkel und Tante. Die beiden taten ihm leid. Er hätte sie gerne getröstet, wusste aber nicht, wie.

Schließlich war er selbst unglücklich genug. Nicht so sehr, weil er jetzt so viele Jahre warten musste, sondern weil er die Nachmittage mit seinen Lexika verbracht hatte, statt mit Daniel Tischtennis zu spielen oder sich mit Rebekka zu treffen. Nun war alles umsonst.
Es sei denn … na klar! Das war die Lösung!
Er hatte ja noch die letzte Pille. Die Pille, die ihn zum Erwachsenen machte. Und als Erwachsener durfte er teilnehmen.
Aber wie sollte er seinem Onkel und seiner Tante erklären, dass er sich in einen Erwachsenen verwandeln konnte?
Jim überlegte und fing dann vorsichtig an.
»Onkel Hans-Gert, erinnerst du dich an den Mann, der in deinem Bademantel durch den Flur gerannt ist?«
»Natürlich«, antwortete Onkel Hans-Gert. »Warum fragst du?«
»Weil … also … dieser Mann war ich«, sagte Jim und hielt die Luft an.
»Ja, ich weiß. Wir haben dich ja dann in deinem Zimmer gesehen«, sagte Onkel Hans-Gert unbeeindruckt.
»Du verstehst mich nicht«, sagte Jim. »Ich war wirklich ein erwachsener Mann!«
»Jim, was sollen diese Flunkereien?«, fragte Tante La-

rissa. »Willst du uns von unseren traurigen Gedanken ablenken?«
»Nein, es ist wirklich so! Ich habe eine Erwachsen-werden-Pille. Wenn ich die in den Mund nehme, verwandle ich mich in einen erwachsenen Mann. Und als Erwachsener darf ich bei *Superwisser* mitmachen. Wir müssen das Wunschlisten-Heft gar nicht wegwerfen. Alles wird genau so, wie wir uns das vorgestellt haben!«
»Jim, du musst uns nicht mit solchen Quatsch-Geschichten trösten!«, sagte Tante Larissa.
»Das ist kein Quatsch! Ich werde die Pille kurz vor der Sendung nehmen. Dann müssen sie mich zulassen. Ist doch logisch«, sagte Jim.
»Jim! Uns ist heute nicht nach Kindermärchen zumute!«, sagte Onkel Hans-Gert.
»Das ist kein Kindermärchen, sondern die Wahrheit!«
Nun wurde Onkel Hans-Gert richtig laut: »Jim! Merkst du nicht, dass du deine Tante und mich ganz gehörig nervst?«
»Aber es stimmt doch!«, rief Jim zurück. »Glaubt mir endlich!«
Nun schrie der Onkel fast: »Bitte, hör auf damit!«
Und zur Tante sagte er ärgerlich: »Manchmal weiß der Junge wirklich nicht, wann er Schluss machen sollte!«

Das machte Jim so zornig, dass er völlig vergaß, wozu er die Pille eigentlich verwenden wollte. »Dann werde ich es euch eben beweisen!«, schrie er und rannte in sein Zimmer.

»Nein, das geht nicht, nicht, nicht!«, rief Gali. Vor lauter Aufregung wiederholte er das letzte Wort sogar zweimal.
Jim hatte ihm nämlich eröffnet, dass er jetzt die Pille einnehmen und Onkel und Tante beweisen würde, dass er nicht gelogen hatte.
»Das darfst du nicht«, sagte Gali noch mal. »Du darfst mich nicht verraten, verraten.«
»Ich verrate ihnen doch nicht, dass ein Galimat bei mir im Zimmer ist und wartet, dass er abgeholt wird«, sagte Jim ungeduldig. »Ich muss ihnen ja gar nicht sagen, woher ich die Pille habe.«
»Und wenn sie dich fragen, fragen?«
»Dann sage ich, ich hätte sie irgendwo gefunden!«
»Gefunden! Du weißt ganz genau, dass sie dir das nicht glauben«, sagte Gali. »Jetzt spiele ich mal deinen Onkel. Ich bin gespannt, wie du dich herausredest, herausredest!«
Gali kannte den Onkel zwar nicht, aber es klang ziem-

lich überzeugend, als er jetzt mit tiefer Stimme fragte: »Jim, wo hast du die Pille angeblich gefunden?«
»Auf dem Dachboden. Ganz unten in einer alten, verstaubten Kiste. Sie lag in einer silbernen Dose, eingewickelt in ein Seidentüchlein.«
»Klingt überzeugend, überzeugend«, musste Gali zugeben.
»Die Geschichte hat nur eine Schwachstelle«, gestand Jim.

»Schwachstelle, Schwachstelle?«
»Unser Haus hat gar keinen Dachboden! Es hat ein Flachdach.«
Gali ließ enttäuscht seine Ohren sinken.
»Jetzt kommt eine bessere Geschichte. Hör zu!«, sagte Jim. »Du willst also wissen, wie ich zu der Pille kam, Onkel Hans-Gert? Das kann ich dir erzählen. Gestern ging ich in die Apotheke ...«
»Was suchst du denn in einer Apotheke?«, fragte Gali mit tiefer Onkel-Stimme.
»Ich wollte mir Pfefferminzbonbons kaufen. Da kam eine alte Frau rein, die kriegte mit, was ich kaufen wollte, und sagte zu mir: ›Pfefferminzbonbons? Das moderne, chemische Zeugs ist doch nichts mehr wert. Hier, ich schenk dir welche von mir. Die hat mein Urgroßvater noch selbst hergestellt.‹ Dann hat sie mir ein Schächtelchen in die Hand gedrückt.«
»Und dann?«, fragte Gali mit Onkel-Stimme.
»Als ich das Schächtelchen draußen aufmachte, lagen da die Pillen drin.«
»Was heißt ›die Pillen‹? Waren es denn mehrere?«
»Ja, Onkel Hans-Gert. Es waren zwei.«
»Aber es waren doch drei, drei?«, fragte Gali und vergaß, dass er den Onkel spielen sollte.

»Ich weiß. Aber ich will den beiden ja nichts von der Schulrat-Rache erzählen«, erklärte Jim.
»Ach so.« Gali fragte mit tiefer Onkel-Stimme weiter: »Und woher wusstest du, dass die Pillen erwachsen machen?«
»Ich hab's zufällig entdeckt. Die erste Pille habe ich im Bad eingenommen. Ich dachte ja, es wäre ein Pfefferminzbonbon. So was ist doch gut für reinen Atem. Da kann man sich das Zähneputzen sparen.«
»So, das Zähneputzen sparen. Das hört deine Tante Larissa gar nicht gern. – Aber weiter: Du hast die Pille eingenommen. Und dann?«
»Dann bin ich furchtbar erschrocken! Plötzlich war ich ein erwachsener Mann. Und weil mir mein eigener Schlafanzug nicht mehr gepasst hat, musste ich in deinem Bademantel ins Zimmer rennen. Du hast mich ja gesehen.«
»Ja, das stimmt«, musste Gali zugeben.
»Na also: Das ist der Beweis, dass meine Geschichte wahr ist!«
»Hm …« Gali wurde wieder zu Gali. »Haben alle Menschen eine so große Phantasie wie du, du?«
»Phantasie: schöpferischer Geist. Erfindungsgabe«, zitierte Jim. »Ganz habe ich die Geschichte ja gar nicht

erfunden. Eine ähnliche habe ich mal in einem Buch gelesen. Außerdem würde Tante Larissa das alles wahrscheinlich eher *Lüge* nennen. Aber ich soll dich ja nicht verraten. Also muss ich eine Geschichte erfinden.«

Gali war immer noch nicht überzeugt. Er zögerte.

»Du meinst, dass dein Onkel die Geschichte glaubt? Ist sie nicht zu unwahrscheinlich, scheinlich?«

»Wenn ich ihm erzählen würde, dass ein Galimat in meinem Zimmer ist, der Pillen auf einer Bratpfanne materialisiert, käme es ihm bestimmt noch unwahrscheinlicher vor!«

Gali zögerte noch immer und sprang vor der Zimmertür auf und ab. »Muss es wirklich sein? Warum willst du deinem Onkel unbedingt beweisen, dass du erwachsen werden kannst, kannst?«

Jim sagte: »Weil er es mir nicht glaubt! Bitte, Gali, bitte!«

»Na gut«, sagte Gali. »Nimm die Pille. Wirst schon sehen, dass du es bereust, bereust.«

»Weshalb sollte ich es bereuen?«, fragte Jim.

»Weil du mal wieder zu kurz denkst, denkst.«

Doch Jim hatte sich schon an ihm vorbeigedrückt. Er bekam gar nicht mehr mit, wie Gali sagte: »Wenn du die Pille jetzt nimmst, hast du keine mehr. Falls du dann noch mal eine brauchst, ist sie weg, weg, weg.«

Onkel Hans-Gerts und Tante Larissas Kindermärchen

»So!«, sagte Jim, als er aus seinem Zimmer zurückkam. »Jetzt werde ich es euch beweisen!«
»Was beweisen?«, fragte Tante Larissa.
Sie und Onkel Hans-Gert waren mit ihren Gedanken schon wieder bei ihrem Ärger über die Absage des Fernsehstudios.
»Dass ich erwachsen werden kann«, sagte Jim. »Zuerst brauche ich den Bademantel von Onkel Hans-Gert.«
»Meinen Bademantel? Was soll das?«, fragte der.
»Ich kann mich auch hier nackt ausziehen, wenn euch das lieber ist«, sagte Jim.
»Ausziehen!«, rief Tante Larissa. »Jim, drehst du jetzt auch noch durch?«
»Wenn ich meine Kleider anlasse, platzen sie. Oder hast du schon mal einen Mann in Kinderkleidern gesehen?«
»Dann soll er meinetwegen den Mantel holen, bevor er hier eine Strip-Schau veranstaltet«, knurrte Onkel Hans-Gert.
Jim ging ins Bad, zog sich aus und kam in Onkel Hans-Gerts Bademantel in die Küche. Die Ärmel hatte er

mehrmals umgeschlagen, und damit er nicht auf den Saum trat, hielt er den Mantel mit beiden Händen gerafft.

»Spielst du uns jetzt ein Theaterstück vor?«, fragte die Tante. »In diesem Mantel siehst du aus wie ein chinesischer Kaiser.«

»Eher wie ein Clown«, sagte der Onkel schlecht gelaunt.

Jim kümmerte sich nicht darum, holte das Sitzpolster von der Küchenbank und breitete es am Boden aus.
»Ich falle dabei immer hin«, erklärte er. Dann steckte er die Pille in den Mund.
Es war genauso wie beim ersten und zweiten Mal. Er taumelte, ging in die Knie und fiel bewusstlos zur Seite.
»Jim! Um Himmels willen, was ist mit dir, Jim? Jim!«, rief Tante Larissa erschrocken und sprang von ihrem Stuhl. Fast im selben Augenblick schrie sie noch lauter auf, und auch Onkel Hans-Gert stieß einen Schreckensschrei aus, denn vor ihren Augen verwandelte Jim sich jetzt in einen erwachsenen Mann.
Während die beiden noch fassungslos dastanden, kam Jim zu sich.
»Na, glaubt ihr mir jetzt?«, fragte er mit einer tiefen Bass-Stimme und richtete sich auf.
»Jim … Nein! … Jim, bist du das wirklich?«, fragte Tante Larissa, während sie zu ihm aufsah. Sie musste wirklich nach oben blicken, denn Jim war nun einen halben Kopf größer als sie.
»Das kann einfach nicht wahr sein!«, rief der Onkel. »Ich glaube es nicht. Dabei sehe ich es mit eigenen Augen!«
»Augen: Sehwerkzeug, auch: Punkte auf dem Würfel«, zitierte Jim.

»Jetzt erkenne ich dich wieder«, sagte der Onkel. »Niemand sonst kann das Lexikon auswendig hersagen!«

»Ich bin geschockt, so was von geschockt!«, flüsterte Tante Larissa. »Was machen wir denn jetzt?«

»Ich muss ihn fotografieren. Als Beweis, dass ich nicht träume«, sagte der Onkel. Dann fiel ihm etwas ein, und er drehte sich zu Tante Larissa. »Jetzt siehst du, dass ich nicht ›durchgedreht‹ bin, wie du es nennst. Er ist wirklich als erwachsener Mann durch den Flur gerannt.«

»Ja, ja«, wehrte Tante Larissa ab.

»Wie bist du an diese Wunderpille gekommen?«, fragte Onkel Hans-Gert. »Bleibst du jetzt für immer erwachsen?«

»Du meine Güte! Was sollen wir denn sagen, wenn sie in der Schule nach dir fragen?«, sagte Tante Larissa. »Ich kann doch keine Entschuldigung schreiben mit der Begründung: Jim kann wegen plötzlichen Erwachsenwerdens den Unterricht derzeit leider nicht besuchen.«

»Du musst auch keine Entschuldigung schreiben, Tante. Die Wirkung der Pille hält nicht ewig«, sagte Jim.

»Geh erst mal ins Schlafzimmer, und hol dir etwas Ordentliches zum Anziehen von mir aus dem Schrank«, sagte der Onkel. »Mein Bademantel ist dir ja viel zu klein. Dann reden wir weiter.«

Im Schlafzimmer suchte Jim sich einen von Hans-Gerts Anzügen aus dem Kleiderschrank. Da fiel sein Blick auf Tante Larissas Schreibtisch. Er hatte ein hohes Oberteil und eine hölzerne Schreibunterlage, die man aufklappen konnte. Hier saß die Tante immer, wenn sie Briefe beantwortete oder die Steuerunterlagen sortierte. Alles, was ihr im Weg war, stapelte sie oben auf dem Schrank. Jim hatte nie erkennen können, was dort alles lag, weil er dafür zu klein war. Aber jetzt, als erwachsener Mann, sah er es. Und er entdeckte in dem Chaos, gleich neben Onkel Hans-Gerts Briefmarkenalbum, eine Postkarte. Sie sah ganz genauso aus wie die Karten, die seine Eltern immer schickten.
Jim warf den Anzug aufs Bett und griff aufgeregt nach der Karte. Eine fremde, schon gestempelte Briefmarke klebte darauf.
Er las leise für sich: »Lieber Jim. Inzwischen sind wir von den Vereinigten Staaten aus nach Panama gereist und wollen dich auch von da herzlich grüßen. Wir sind sicher, dass es dir bei Onkel und Tante gut geht, und wir …«

Hier hörte die Eintragung auf. Jemand war wohl mitten im Schreiben unterbrochen worden. Und während Jim abwechselnd auf die Postkarte in seiner Hand, auf Larissas Schreibtisch und auf Onkel Hans-Gerts Briefmarkensammlung sah, konnte er leicht kombinieren, wer dieser Jemand war. Tante Larissa hatte die Karte geschrieben! Und alle früheren wohl auch, denn es war dieselbe Schrift wie auf allen anderen Karten seiner Eltern. Die Briefmarken hatte sie aus Onkel Hans-Gerts Album genommen.

Jim ließ sich aufs Bett sinken und begann zu weinen. Sein Onkel und seine Tante hatten ihn seit Jahren betrogen und belogen! Sie hatten ein falsches Spiel mit ihm gespielt. Warum war er nicht schon früher darauf gekommen? Diese merkwürdigen Briefmarken! Und immer die Postkarten mit den gleichen nichtssagenden Bildern!

Er weinte, er schniefte, er schluchzte. Die Pille fiel ihm aus dem Mund, aber es kümmerte ihn nicht. Zusammengekauert saß er jetzt im viel zu großen Bademantel auf der Bettkante und heulte hemmungslos.

So fanden ihn Tante Larissa und Onkel Hans-Gert, als sie ins Zimmer kamen, um nach ihm zu sehen.

»Jim! Jimmy! Kind, was hast du?«, rief Tante Larissa

und wollte ihn tröstend in den Arm nehmen. Dass Jim sich wieder zurückverwandelt hatte, nahm sie in ihrer Bestürzung gar nicht wahr.
Jim stieß ihren Arm heftig von sich und drehte ihr den Rücken zu.
»Was hast du?«, fragte sie noch einmal.
Jim reichte ihr stumm die Postkarte.
Tante Larissa setzte sich bestürzt neben ihn.
»Er weiß es! Jim weiß alles«, sagte sie zu Onkel Hans-Gert. »Da siehst du, was wir angerichtet haben. Wir hätten es ihm längst sagen müssen.«
»*Was* hättet ihr mir sagen müssen?«, fragte Jim. »Was ist mit meinen Eltern? Haben sie mich vergessen? Können sie nicht schreiben? Oder sind sie …«
Er wagte es nicht, das schreckliche Wort auszusprechen.
»Ja, Jim«, sagte Tante Larissa, und er ließ es jetzt doch zu, dass sie ihn in den Arm nahm. »Ja, sie sind tot. Schon ganz lange.«
»Warum denn? Wie denn?«, fragte Jim.
»Du warst noch so klein!«, fing Tante Larissa an. »Wir haben es einfach nicht übers Herz gebracht, dir zu sagen, dass deine Eltern nie mehr wiederkommen.«
»Sie waren auf einer Schiffsreise«, sagte Onkel Hans-

Gert und setzte sich nun auch zu ihnen. »Es gab einen Sturm. Das Schiff ging unter. Keiner der Passagiere wurde gerettet.«

»Aber warum habt ihr mich die ganze Zeit angelogen?«, fragte Jim.

Onkel Hans-Gert wechselte einen Blick mit Tante Larissa. »Wir hätten es dir wirklich schon lange sagen müssen«, gab er zu. »Aber wir hatten nun mal mit dieser Geschichte angefangen und wussten nicht, wie wir da wieder rauskommen.«

»Jim, versteh uns bitte. Es tut uns so leid«, sagte Tante Larissa. »Ich weiß, dass das ein Schock für dich ist. Aber wir fühlen uns als deine Eltern und haben dich genauso lieb, als wärst du unser Sohn.«

»Ich will aber keine Eltern, die mich anlügen!«, rief Jim. Er sprang auf, rannte in sein Zimmer, knallte die Tür zu und drehte den Schlüssel zweimal im Schloss.

Onkel Hans-Gert und Tante Larissa blieben niedergeschlagen im Schlafzimmer zurück.

»Was machen wir jetzt nur?«, fragte Onkel Hans-Gert.

Tante Larissa zuckte die Schultern. »Wir müssen ihm Zeit geben. Er trauert. Aber irgendwann ist sein Groll gegen uns verraucht.«

»Das hoffe ich sehr!«, sagte Onkel Hans-Gert. Und nach einer Weile setzte er hinterher: »Hat Jim uns eigentlich erzählt, wo er diese Pille herhatte? Ich bin so durcheinander, dass ich gar nicht mehr weiß, ob wir ihn danach gefragt haben.«
»Nein, das haben wir nicht«, sagte die Tante. »Aber das ist mir im Moment auch sowas von egal! Hauptsache, er versöhnt sich wieder mit uns.«

Flüssigkeitsverschwendung

In Jims Zimmer zeigte sich unterdessen, dass ein Galimat auch Mitleid empfinden konnte. Gali hatte seinen rechten Arm lang und weich gemacht und strich Jim mit drei Fingern übers Haar.
»Weinst du, weil jetzt die letzte Pille weg ist, ist?«, fragte er.
Jim schüttelte stumm den Kopf.
»Warum dann, dann?«
»Meine Eltern sind tot«, sagte Jim.

»Eltern?«, fragte Gali. »Eltern?« So was kannte ein Galimat wohl nicht.

»Eltern: Vater und Mutter, Erzeuger eines Kindes«, sagte Jim.

»Sind die Eltern denn heute gestorben, gestorben?«

»Nein, aber ich weiß es erst seit heute Abend«, sagte Jim.

»Du wohnst also schon seit acht Jahren bei deinem Onkel und deiner Tante«, stellte Gali fest. »Und du hast sie gern, gern.«

Jim nickte.

»Warum bist du dann so traurig?«, fragte Gali. »Was ändert sich für dich, dich?«

»Eigentlich nichts«, gab Jim zu und wischte sich die Tränen aus dem Gesicht.

»Dann musst du auch nicht weinen. Ist Flüssigkeitsverschwendung«, sagte Gali. Das letzte Wort wiederholte er diesmal nicht. Es war ihm wohl zu lang. Überhaupt wurde er in letzter Zeit nachlässiger mit den Wortwiederholungen.

Jim hörte tatsächlich auf zu schniefen.

»Du hast recht«, sagte er. »Aber Onkel Hans-Gert und Tante Larissa sollen noch eine Weile merken, dass ich sauer auf sie bin.«

»Sauer auf sie, sie?«, wiederholte Gali.
»Ja. Weil sie mich die ganze Zeit belogen haben.«
»Lügen ist also nicht gut, gut?«
»Lügen ist schlimm!«, sagte Jim.
Nun musste Gali lachen. »Ja, Lügen sind schlimm«, sagte er. »Ein Glück, dass Jim noch nie gelogen hat, hat!«

Samstagnacht

Galimatini

Mitten in der Nacht wurde Jim davon wach, dass Gali ihn gegen die Schulter stieß.
»Was ist?«, fragte er schlaftrunken.
»Sie kommen, kommen!«, flüsterte Gali aufgeregt.
»Wer kommt?«, fragte Jim.
»Sie haben den Suchstrahl entdeckt. Und nun kommen ganz viele. Ich spüre schon die Vibrationen, Vibrationen.«
Gali hatte kaum ausgesprochen, da materialisierte sich schon ein zweiter Galimat auf dem Teppich in der Zimmermitte.
»Der sieht ja ganz genauso aus wie du!«, flüsterte Jim.
»Ist ja auch ein Galimat, Galimat«, sagte Gali.
Und schon materialisierte sich der nächste, dann drei gleichzeitig. Es wurden immer mehr. Bald stand das halbe Zimmer voll mit ihnen. Es gab kaum noch Platz

auf dem Fußboden. Jetzt hockten vier sogar auf dem Schreibtisch. Ein besonders dicker materialisierte sich gerade oben auf dem Kleiderschrank.

Jim stieg aus dem Bett. »Das werden ja immer mehr Galimate!«

»Ja. Die haben alle nach mir gesucht. Sind aber keine Galimate, sondern Galimatini.« Er grinste vor Stolz und Freude über den ganzen Körper.

»Wie?« Jetzt kam Jim nicht mehr hinterher.

»Die Mehrzahl von Lexikon heißt Lexikaka, und die Mehrzahl von Galimat heißt Galimatini. Und diese Galimatini werden sich jetzt alle zusammen mit mir entmaterialisieren und somit verschwinden, verschwinden.«
»Landet ihr dann irgendwo und wisst erst nicht, wo ihr seid? So wie du, als du zu mir gekommen bist?«, fragte Jim.
Gali lachte. »Das sind doch keine Anfänger! Wir entmaterialisieren uns, bilden einen Schwarm und materialisieren uns gemeinsam. Alle gleichzeitig und am selben Ort, Ort.«
»Verrätst du mir dann wenigstens noch, wohin ihr alle verschwindet?«, fragte Jim.
»Ins Elektro«, sagte Gali. »Und dann weiter, weiter.«
»Das meine ich nicht. Ich will wissen, wo ihr euch wieder materialisiert«, sagte Jim.
Gali fuhr seine Beine ganz weit aus, bis sein Kugelgesicht nahe bei Jims Kopf war, und flüsterte ihm ins Ohr: »In der Erde.«
»In der Erde?«, wiederholte Jim. »Mitten im Gestein?«
Gali lachte. »Doch nicht im Gestein! Viel, viel tiefer, wo die Erde hohl ist.«
»Ist es da nicht stockdunkel?«, fragte Jim.

»Nein, in der Hohlwelt sieht es fast so aus wie bei euch oben. Du kannst ja mal vorbeikommen. Es gibt zwei Eingänge: am Nordpol und am Südpol. Muss aber alles geheim bleiben! Nicht weitersagen, Jim! Versprochen?«
»Versprochen«, sagte Jim.
»Gut. Dann auf Wiedersehen, Jim, Jim!«
»Ja, auf Wiedersehen«, sagte Jim. »Du kannst gerne mal wiederkommen. Ich fand es sehr witzig mit dir im Zimmer.«
»War ja auch witzig, witzig«, sagte Gali.
Jim beugte sich zu ihm hinab. »Aber vielleicht kommst du besser alleine wieder«, flüsterte er. »Ohne die anderen Galimate … äh … Galimatini. Es wird sonst ein bisschen eng hier.«
Gali wackelte zum Einverständnis mit den Ohren. »Ich glaube, es gibt noch ein Abschiedsgeschenk für dich, Jim, Jim.«
Er ging zu einem besonders großen Galimat und wechselte ein paar Worte mit ihm. Dann kehrte er zu Jim zurück.
»Hol die Eisenpfanne aus der Küche, Küche!«, befahl Gali.
Jim beeilte sich. Er ahnte, was jetzt kommen würde.
Der große Galimat fasste die Pfanne mit beiden Hän-

den. Wie bei Gali zuckten winzige Blitze zwischen seinen Antennen hin und her, dann materialisierte sich eine Pille auf dem Pfannenboden. Sie war ungefähr so groß wie ein Mantelknopf.

Gali nahm sie auf und drückte sie Jim in die Hand.

»Eine EWP mit Langzeitwirkung«, sagte er dabei. »Sie macht dich mindestens fünf halbe Stunden erwachsen. Viel erwachsener als das letzte Mal, Mal.«

»Viel erwachsener? Was heißt das?«, fragte Jim.

»Du bist dann schon fünfzig oder sechzig Jahre alt.« Gali lachte. »Du siehst wahrscheinlich so aus wie dein Onkel Hans-Gert jetzt, jetzt.«

»Danke, Gali. Danke!«, sagte Jim. »Du bist ein richtiger Freund!«

»Ja, das bin ich«, sagte Gali. »Aber jetzt ist Schluss. Die Galimatini werden schon ungeduldig, ungeduldig!«

Das stimmte. Man sah es daran, dass sie ständig ihre Beine ausfuhren, sich groß machten und sich wieder zusammenzogen. Es war ein vielfältiges Auf und Ab im Zimmer. Jim kam sich vor, als würde er bei hohem Seegang in einem Boot sitzen und auf das Gewoge der Wellen schauen.

Gali rief: »Jetzt, jetzt!«

Fast gleichzeitig drückten alle Galimatini auf ihren Nasel, wurden durchsichtig, und Jim hörte ein lautes *Fiiiuuuuuu*. Offensichtlich waren auch ein paar Anfänger darunter.

In dem Moment, als alle verschwanden, flackerten die Straßenlaternen der kleinen Stadt, und die meisten gingen sogar ganz aus. Der große Zeiger der elektrischen Rathausuhr drehte sich so schnell, dass man der Bewegung kaum mit den Augen folgen konnte, und alle Verkehrsampeln schalteten auf Rot. Nach zehn Sekunden war der Spuk vorbei: Die Rathausuhr zeigte wieder die richtige Zeit, die Ampeln taten ihren Dienst, und die Straßenlaternen strahlten sogar heller als zuvor.

All das bekam Jim in seinem Kinderzimmer natürlich gar nicht mit. Er legte sich niedergeschlagen ins Bett.

»Schade«, murmelte er. »Ich werde Gali vermissen, vermissen. Aber ein Galimat will natürlich bei den anderen Galimatini sein.« Er gähnte. »So wie ich bei Tante Larissa … und meinetwegen auch bei Onkel Hans-Gert.«

Kurz darauf war er eingeschlafen.

Sonntag

Fragen beim Frühstück

Am nächsten Morgen saßen Onkel Hans-Gert, Tante Larissa und Jim stumm beim Frühstück. Schließlich hielt Tante Larissa das Schweigen nicht mehr aus.
»Bist du noch sehr böse mit uns, Jim?«, fragte sie. »Es tut uns wirklich sehr leid, dass alles so gekommen ist.«
Onkel Hans-Gert nickte. »Es war ein Fehler, Jim. Wir hätten es dir viel früher sagen sollen.«
Jim schwieg immer noch. Aber nicht, weil er seinen Eltern nachtrauerte. Er trauerte Gali nach. Jetzt würde er wieder jeden Nachmittag ganz allein in seinem Zimmer sitzen.
Außerdem wollte er dem Onkel und der Tante zeigen, wie sehr man ihn gekränkt hatte.
Aber lange hielt er es dann doch nicht aus.
Er nahm sich eines der Brötchen, die Tante Larissa vor dem Frühstück aufgebacken hatte, bestrich es dick

mit Himbeermarmelade, biss ein Stück ab und sagte kauend: »Die Marmelade hat ein bisschen viele Kerne.«

Onkel und Tante sahen sich glücklich an. Der Junge hatte mit ihnen gesprochen!

»Ja, das stimmt. Viele Kerne!«, sagte Tante Larissa. »Möchtest du lieber Honig?«

Jim schüttelte den Kopf. »Erzähl mir lieber, wie meine Eltern gestorben sind!«

»Das haben wir dir doch gestern schon erzählt. Sie waren mit dem Schiff auf einer Urlaubsreise. Das Schiff ist in einen Sturm geraten und gesunken«, sagte Tante Larissa.

»Urlaubsreise? Aber ich denke, sie waren Spione?«, fragte Jim.

»Das haben wir nur erfunden«, sagte Onkel Hans-Gert. »Wir mussten dir doch einen Grund nennen, weshalb sie nie vorbeikommen.«

»Warum haben sie mich dann nicht mitgenommen auf die Reise?«, fragte Jim.

»Du warst erst drei Jahre alt und hättest dich auf einem Schiff nur gelangweilt. Deshalb haben sie dich bei uns gelassen«, sagte Tante Larissa. »Sie wussten ja, dass du es gut bei uns hast.«

»Wenn sie mich mitgenommen hätten, wäre ich jetzt auch tot«, überlegte Jim.
»Ein Glück, dass du nicht dabei warst!«, sagte Onkel Hans-Gert.
»Ein Glück für dich und ein riesengroßes Glück für uns«, sagte Tante Larissa und strich Jim liebevoll übers Haar.
Nun wagte es Onkel Hans-Gert, die Fragen zu stellen, die er schon seit dem gestrigen Tag loswerden wollte: »Wo hattest du eigentlich diese Wunderpille her? Hast du noch mehr davon? Weshalb warst du plötzlich wieder ein Kind?«
Jim ließ sich Zeit mit seiner Antwort und biss ein zweites Mal ins Brötchen. Er kaute, kaute, kaute … und sagte schließlich: »Die letzte Frage kann ich am einfachsten beantworten: Ich war wieder ein Kind, weil mir die Pille aus dem Mund gefallen ist.«
»Das ist die Erklärung!«, sagte der Onkel zur Tante. »Die Pille ist ihm aus dem Mund gefallen!«
»Ich hab's gehört«, sagte Tante Larissa.
»Wenn ich euch sage, woher ich die Pille habe, glaubt ihr es ohnehin nicht«, sagte Jim.
»Du kannst es ja mal versuchen«, sagte der Onkel.
Da erzählte Jim ihnen alles: von dem Galimat, der eines

Abends auf Band drei des Lexikons gesessen hatte. Von den Materialisierungen in der Bratpfanne. Und von den Galimatini, die ihn heute wieder abgeholt hatten. Nur seine Rache als Schulrat sparte er aus.

Tante Larissa und Onkel Hans-Gert hörten mit großen Augen zu.

»Galimatini, ja? Nicht Zucchini oder Spaghettini?«, fragte Tante Larissa am Ende. »Deine Geschichten sind wirklich originell, Jim. Das muss ich zugeben.«

»Schon recht«, sagte Onkel Hans-Gert. »Aber jetzt erzähl bitte, woher du die Pille in Wirklichkeit hattest!«

»Na gut, wenn ihr es nicht anders wollt!«, sagte Jim. »Ich war in einer Apotheke, um Pfefferminzbonbons zu kaufen. Da kam eine alte Frau rein und hat mir ein Schächtelchen mit zwei Pillen geschenkt, die mich zu einem Erwachsenen werden lassen, wenn ich sie in den Mund nehme.«

»Und die hast du einfach geschluckt? Obwohl du die Frau gar nicht kanntest?«, fragte der Onkel.

»Ich dachte ja, es wären bloß normale Bonbons. Dass die Pillen erwachsen machen, hab ich zufällig entdeckt. Die erste Pille habe ich im Bad eingenommen. Pfefferminzbonbons sind doch gut für reinen Atem. Da kann man sich das Zähneputzen sparen.«

»So, das Zähneputzen sparen. Das hört deine Tante Larissa gar nicht gern«, sagte der Onkel.
Tante Larissa nickte.
Jim musste fast grinsen. Sein Onkel verhielt sich genau so, wie Gali es vorhergesagt hatte!
Gerade fragte Onkel Hans-Gert weiter: »Dann hast du die Pille also eingenommen …?«
»Ja, und dann bin ich furchtbar erschrocken! Plötzlich war ich ein erwachsener Mann. Und weil mir mein Schlafanzug nicht mehr gepasst hat, musste ich in deinem Bademantel ins Zimmer rennen. Du hast mich ja gesehen. Das ist der Beweis, dass meine Geschichte wahr ist!«
»Das klingt schon überzeugender«, sagte der Onkel.
»Aber erst musste er uns anflunkern!«, sagte Tante Larissa mit leichtem Vorwurf. »Ein Galimat auf dem Lexikon! Jim, wie kannst du dir nur so putzige Geschichten ausdenken!«
»Wir haben uns jedenfalls von ihm nicht reinlegen lassen«, sagte Onkel Hans-Gert stolz. »Obwohl ich mich frage, wie diese alte Frau an die Pillen gekommen sein soll.«
»Das weiß ich auch nicht«, sagte Jim. »Jedenfalls hat die Pille gewirkt, wie ihr ja gesehen habt.« Er stand auf.

»Und jetzt will ich mal telefonieren. Es ist schon halb elf.«
Tante Larissa griff hinter sich und reichte ihm das Telefon, das auf dem Fensterbrett gestanden hatte.
»Nein, danke«, sagte Jim. »Ich geh in mein Zimmer und telefoniere mit dem Handy.«
»Seit wann hat Jim ein Mobiltelefon?«, fragte Onkel Hans-Gert, als Jim gegangen war.
»Das hast du ihm doch selbst zum letzten Geburtstag geschenkt«, sagte sie.
»Stimmt!«, musste er zugeben. »Ich hatte es nur vergessen, weil Jim es nie benutzt!«

Jim Alleswisser

Jim holte das zerknitterte Papiertaschentuch aus der Hosentasche und wählte die Nummer, die ihm Rebekka aufgeschrieben hatte.
Es tutete am anderen Ende, dann sagte eine Stimme: »Ja? Hier Rebekka!«
»Rate mal, wer dich anruft!«, sagte Jim.
»Markus?«, fragte Rebekka.
»Nein«, sagte Jim kleinlaut.

»Max?«
Jim blieb still.
»Oder Martin?«, fragte sie weiter. Dann spürte sie aber, dass Jim nahe dran war, aufzulegen, und sagte lachend: »Das war ein Witz, Jim! Du glaubst doch nicht im Ernst, dass so viele Jungs mit mir telefonieren! Die auch noch alle mit M anfangen!«
»Nein, schon klar«, sagte Jim erleichtert.
»Wolltest du mir einen guten Morgen wünschen?«, fragte sie.
»Eigentlich wollte ich fragen, ob wir uns heute vielleicht mal treffen könnten«, sagte Jim.
»Gerne«, antwortete sie. »Wann und wo?«
Jim überlegte. Dann fiel ihm ein, dass Daniel sich mit Danni in der Eisdiele getroffen hatte.
»Wie findest du das Eiscafé Cassanese?«, fragte er.
»Wie ich es finde?«, sagte sie und lachte wieder. »Ich gehe über die Brücke und dann rechts, und da ist es schon.«
»Ich meine, wie du es findest, wenn wir uns dort treffen!«
»Um wie viel Uhr?«, fragte sie.
»Um drei?«, schlug er vor.
»Also, dann bis drei!«, sagte sie.

Jim saß schon an einem der kleinen Tische, außen unter der Sonnenplane, als Rebekka kam. Diesmal war sie nicht ganz in Rot gekleidet, zur roten Hose trug sie ein rosa T-Shirt.

»Heute in Rosa!«, sagte Jim, während sie sich neben ihn setzte. »Steht dir auch gut.«

»Hallo, Jim«, begrüßte sie ihn. »Meine roten T-Shirts sind alle in der Wäsche.«

Er reichte ihr die Eiskarte. »Such dir was aus, ich lad dich ein!«

»Oh, danke!«, sagte sie. Sie las vor: »Eisbecher Brasilia. Vanille-Eis mit Mango-Sirup und Krokant.«

»Mango: ostindisches Gewächs mit essbarer Steinfrucht«, zitierte Jim.

Rebekka lachte. »Ich weiß, was Mango ist. Aber kannst du mir sagen, was Krokant genau ist?«

»Warte, ich schaue nach«, sagte Jim. »Gleich hab ich es!«

»Wo schaust du nach?«, fragte Rebekka.

Jim zitierte: *»Krokant: gebackene Mandelkruste!«*

»Ich versteh das nicht«, sagte Rebekka. »Warum sagst du: ›Ich schau nach‹? Du hast doch nirgendwo nachgeschaut.«

»Doch. In meinem Gedächtnis«, antwortete Jim. Und

weil sie ihn immer noch fragend anblickte, erklärte er es ihr: »Ich habe ein Spezialgedächtnis. Wenn ich mich auf eine Lexikonseite konzentriere und sie eine Minute betrachte, kann ich sie hinterher innerlich abrufen. Als ob ich sie fotografiert hätte. Ich habe einfach unter K nachgeschaut. Das Dumme ist nur, dass ich immer laut aussprechen muss, was ich da lese. Ich kann einfach nicht anders.«

»Stimmt das wirklich?«, fragte sie.

Jim nickte.

»Das ist ja so ähnlich wie bei der Frau, die vor Kurzem im Fernsehen war. Sie kann sich an jeden einzelnen Tag ihres Lebens erinnern und erzählen, was sie da morgens oder abends gemacht hat«, erzählte Rebekka. »Sie empfindet das als Last, hat sie gesagt. Und du?«

»Es ist nicht direkt eine Last«, sagte Jim. »Ich lese sogar gerne im Lexikon. Es ist nur doof, dass mich die anderen deswegen für einen Besserwisser und Angeber halten. Und du?«

»Was ist mit mir?«

»Bin ich für dich auch ein Besserwisser?«

Sie lachte schon wieder. »Nein, für mich bist du der Alleswisser!«

»Alleswisser«, wiederholte er. »Das klingt schon besser.«

Inzwischen war der Kellner zu ihnen gekommen, und beide hatten den Eisbecher Brasilia bestellt.
»Sag mal«, fing Rebekka an. »Sind Lexikone nicht ein bisschen altmodisch?«
Jim schaffte es, sie nicht gleich zu verbessern. Aber er fragte zurück: »Weshalb findest du *Lexika* altmodisch?«
»Na, man kann doch alles im Internet nachschauen. Oder hast du gar keinen Computer?«

»Ich darf Onkel Hans-Gerts Computer benutzen«, sagte Jim. »Aber das bringt nichts. Wenn ich etwas im Internet suche, muss ich ja vorher wissen, was ich suchen will. Aber ich will ja gerade Begriffe lernen, die ich noch gar nicht kenne.«
»Und warum willst du das alles lernen?«, fragte sie.
»Dir kann ich es ja verraten«, sagte Jim. »Aber, bitte, sag es nicht den anderen aus der Klasse! Ich will bei *Superwisser* mitmachen und die Million gewinnen.«
»Eine Million! Und was machst du mit dem vielen Geld?«, fragte sie.
Jim musste nur kurz überlegen. »Ich kaufe mir einen roten Sportwagen mit roten Ledersitzen, die zu deinen T-Shirts passen. Und dann machen wir zusammen einen Ausflug.«
»Schöne Idee«, sagte sie.
»Ich muss damit allerdings noch ein paar Jahre warten. Erst mit achtzehn darf man teilnehmen.«
»Mit achtzehn?«, fragte sie. »Das ist in *acht* Jahren. Erinnerst du dich dann überhaupt noch an mich?«
»Klar!«, sagte Jim. »Denkst du, ich würde dich vergessen?«
»Schön!«, sagte sie. »Als meine Mutter mich gefragt hat, wo ich hingehe … weißt du, was ich gesagt habe?«

»Was denn?«, fragte Jim.
»Ich hab ihr gesagt: Ich treffe mich mit meinem Freund Jim.«
»Das hast du gesagt? Ehrlich?« Jim strahlte.
»Ich hab ihr noch was gesagt: dass ich dich zu meinem Geburtstag einladen will.«
»Wann hast du denn Geburtstag?«
»Morgen! Ich hab auch schon Danni eingeladen, und sie darf Daniel mitbringen. Morgen Nachmittag bei uns. Kommst du?«
»Natürlich komme ich«, sagte Jim. »Und deine Eltern haben nichts dagegen?«
»Meine Mutter hat nichts dagegen. Mein Vater wohnt nicht bei uns. Meine Eltern haben sich getrennt, und er ist in unserer alten Wohnung geblieben«, sagte sie. »Sind deine Eltern noch zusammen?«
Nun wurde Jim sehr ernst. »Sie sind tot. Seit gestern Abend. Ich meine: Seit gestern weiß ich, dass sie schon seit vielen Jahren nicht mehr leben.«
»Wo wohnst du denn dann? Und warum hast du nicht gewusst, dass deine Eltern tot sind?«, fragte sie.
Und da erzählte Jim zum zweiten Mal an diesem Tag. Diesmal erzählte er von Onkel Hans-Gert, von Tante Larissa und wie sie ihn im Glauben gelassen hatten,

seine Eltern wären Spione und würden ab und zu eine Postkarte schreiben. Nur vom Galimat erzählte er nichts. Rebekka hätte ihm wahrscheinlich genauso wenig geglaubt wie Onkel und Tante.

James

»Mit einer Freundin warst du also Eis essen?«, sagte Onkel Hans-Gert, als Jim das Abendbrotgeschirr abgeräumt hatte und alle noch ein wenig am Tisch saßen. Jim nickte.

»Wie heißt sie denn?«, fragte Tante Larissa.

»Rebekka«, sagte Jim. »Sie geht in dieselbe Klasse wie ich. Und sie hat mich für morgen zu ihrem Geburtstag eingeladen.«

»Wie schön«, sagte Tante Larissa. »Ich freue mich, dass du langsam ein ganz normaler Junge wirst.«

»Was soll das heißen?«, fragte Onkel Hans-Gert.

»Na, das war doch kein normales Leben, was unser Jim hatte. Den ganzen Nachmittag immer nur im Zimmer. Über sein Lexikon gebeugt! Ich finde es überhaupt nicht schlimm, dass er noch acht Jahre warten muss.« Sie wandte sich an Jim. »Jetzt kannst du dir Zeit lassen.

Wenn du pro Woche nur einen Nachmittag lang dein Lexikon studierst, bist du mit achtzehn längst beim Buchstaben Z.«

Da war Jim anderer Meinung. »Kann ich bitte mal das Wunschlisten-Heft haben?«, fragte er.

»Ich hab's drüben in den Papierkorb geworfen«, sagte Tante Larissa.

»Papierkorb?«, fragte Onkel Hans-Gert. »Warum denn?«

»Wer weiß, was wir in acht Jahren für Wünsche haben«, sagte sie. »Aber ich kann es auch wieder rausholen, wenn ihr unbedingt eure alten Wünsche nachlesen wollt.«

Jim wollte aber keine alten Wünsche nachlesen, als Tante Larissa mit dem Heft zurückkam. Er holte einen Filzstift und schrieb: *ein Sportwagen mit roten Sitzen.*

Der Onkel hatte mitgelesen. »Du solltest noch schreiben: ›Und einen Führerschein‹. Mit achtzehn kannst du ihn nämlich schon machen«, sagte er.

»Bis dahin muss mein Auto in der Garage stehen«, sagte Jim.

»Was meinst du damit?«, fragte Tante Larissa.

Und Onkel Hans-Gert fügte hinzu: »Was heißt *bis dahin*?«

»Ich will euch was zeigen!«, sagte Jim. »Wartet!«
Er verschwand in seinem Zimmer und kam gleich darauf wieder.
»Seht mal!«, sagte er und öffnete seine Hand. Darin lag die große EWP.
»Ist das etwa … etwa …« Onkel Hans-Gert fehlten vor Überraschung die Worte.
»… wieder so eine Pille, die dich erwachsen macht?«, ergänzte Tante Larissa seinen angefangenen Satz.
»Ja, die letzte. Sie hält besonders lang«, sagte Jim.
»Jetzt verstehe ich!« Onkel Hans-Gert nickte. »Ein guter Plan!«
»Ich verstehe überhaupt nichts«, sagte die Tante. »Was für ein Plan?«
»Jim weiß, was ich meine«, sagte der Onkel. »Wir warten am besten noch ein paar Monate, vielleicht sogar ein Jahr. Bis dahin ist er bestens vorbereitet.«
Jim nickte.
»Erklärt ihr mir bitte, was ihr vorhabt? Ich hoffe, es ist nicht das, was ich denke!«, sagte die Tante.
Jim erklärte es ihr. »Onkel Hans-Gert meldet mich bei *Superwisser* an …«
Der Onkel unterbrach ihn. »Aber nicht unter deinem richtigen Namen. Den haben sie jetzt wahrscheinlich

gespeichert und wissen, dass du noch nicht achtzehn bist!«

»*Jim, gebräuchliche Abkürzung von James*«, zitierte Jim das Lexikon. »Ich nenne mich einfach James. Das ist dann nicht mal ein falscher Name.«

»Genau!« Onkel Hans-Gert wurde immer begeisterter, während Tante Larissa immer unruhiger wurde.

»Kurz vor der Sendung nehme ich dann die Pille ein, werde erwachsen und hole die Million«, sagte Jim.

»Was seid ihr nur für Kindsköpfe!«, schimpfte die Tante. »Jim muss doch bestimmt schon Stunden vor der Sendung dort eintreffen.«

»James«, verbesserte Onkel Hans-Gert. »James!«

»Es kommt darauf an, wie lange die Pille wirkt«, sagte Jim.

»Wir sollten es auf jeden Fall versuchen«, sagte Onkel Hans-Gert. »Das Schlimmste, was dir passieren kann, ist, dass du während der Sendung wieder ein Kind wirst.«

»Das wäre ziemlich peinlich«, sagte Jim. »Aber irgendwie auch witzig. Stellt euch die Zuschauer vor!«

»Wir lassen uns natürlich Zeit für die Vorbereitung«, sagte Onkel Hans-Gert. »Alles muss gut durchdacht und geplant sein. Dann schlagen wir zu!«

»Wir?«, fragte Jim grinsend.
»Natürlich du«, sagte sein Onkel schnell. »In der nächsten Zeit wirst du noch über deinen Lexika sitzen müssen. Leider. Ich überlege solange, wie wir am besten vorgehen, damit wir die vom *Superwisser* täuschen.«
»Das ist doch bestimmt strafbar«, empörte sich Tante Larissa. »Am Ende bringst du den Jungen ins Gefängnis!«
»Gefängnis: Gebäude zum Verwahren von Sträflingen oder Häftlingen«, sagte Jim.
»Wieso? Ich melde ihn doch unter seinem richtigen Namen an«, verteidigte sich der Onkel. »Nur sein Alter muss ich bei der Anmeldung ein wenig hochsetzen. Wie alt möchtest du sein? Vierzig?«
»Lieber neununddreißig«, sagte Jim, der vergessen hatte, was Gali ihm über die Langzeit-EWP gesagt hatte.
»Ein schönes Alter«, sagte sein Onkel. »Mit neununddreißig haben Larissa und ich geheiratet. Erinnerst du dich noch an den Tag, Schatz? Es hat leider geregnet, und wir hatten den Schirm vergessen.«
»Du willst mich nur von eurem irren Plan ablenken!«, sagte sie. »Ich will mich nicht an den Hochzeitstag erinnern. Ich will, dass wir jetzt ins Bett gehen und noch mal darüber schlafen. Morgen seid ihr beiden

bestimmt vernünftiger geworden! Das hoffe ich jedenfalls.«

»Ich finde uns ziemlich vernünftig«, sagte Jim.

»Noch vernünftiger kann man gar nicht sein!«, behauptete der Onkel. »Oder?«

»Stimmt genau!«, sagte Jim. Aber tief im Innern spürte er, dass er sich Sorgen machte. Dass er sich gar nicht so sicher war, ob er James werden wollte.

Montag

Rebekkas Geburtstag

Der Vormittag in der Schule verlief normal.
Nun ja, genau genommen müsste man eigentlich sagen, dass er *nicht* normal verlief. Oder war es etwa normal, dass Alexander keine spöttische Bemerkung machte, als Jim vor der Stunde zu den anderen sagte: »Wisst ihr, dass Rebekka heute Geburtstag hat? *Geburtstag: Jahresfest der Geburt.*« Und dass er sogar mit den anderen einstimmte, als Jim anfing zu singen: »Zum Geburtstag viel Glück, zum Geburtstag viel Glück …«
Später, in der Pause, sagte Rebekka zu Jim: »Du hättest nicht allen verraten müssen, dass ich heute Geburtstag habe!«
Jim sagte: »Aber ich hab es ja erst gestern erfahren. Und da war Sonntag, deshalb konnte ich kein Geburtstagsgeschenk für dich kaufen. So habe ich mir eben diesen Klassen-Glückwunsch ausgedacht. Bist du jetzt sauer?«

»Nein«, sagte sie. »Aber heute Nachmittag wird bitte nicht noch mal gesungen. Ich weiß immer nicht, was ich dabei für ein Gesicht machen soll. Mitsingen darf ich ja nicht.«
»In Ordnung«, sagte Jim. »Und wann soll ich bei dir sein? Wo wohnst du überhaupt?«
»Um vier. In der Heino-Jäger-Straße 49. Zweiter Stock, links.«
Dann war auch schon die Pause zu Ende.

Nach dem Mittagessen hatte Jim reichlich Gelegenheit, ein Geburtstagsgeschenk für Rebekka zu besorgen.
Er kaufte eine riesige Vollmilch-Nuss-Schokolade und dazu rotes Geschenkpapier und eine rote Schleife.
Auf dem Rückweg kam er an einem Blumenladen vorbei. Am Boden davor standen einige kleine Margeriten-Sträuße in Wasserbehältern, daneben ein Schild: *Sonderangebot: nur 1,50 Euro!* Dafür reichte sein Taschengeld noch!
Als er dann um kurz nach vier im zweiten Stock links neben dem Namensschild *Schigglich* auf die Klingel drückte, wurde die Wohnungstür von einer Frau geöffnet. Es war offenbar Rebekkas Mutter. Sie war ganz in Blau gekleidet, was gut zu ihren blonden Haaren passte.

»Du bist also Jim«, sagte sie, noch bevor Jim Guten Tag gesagt hatte. »Komm rein, die anderen warten schon auf dich.«
»Die Blumen sind für Sie«, sagte Jim und reichte ihr den kleinen Blumenstrauß.
»Nicht für Rebekka?«, fragte sie.
»Für Rebekka ist die Schokolade«, sagte er und zeigte auf das rote Päckchen mit der roten Schleife.
»Blumen für mich! Das ist wirklich nett von dir«, sagte sie. »Es ist lange her, dass mir jemand einen Blumenstrauß geschenkt hat.«

Es schien Jim, als stiegen ihr Tränen in die Augen, als sie das sagte. An seinem Strauß konnte es wohl nicht liegen. Darüber hatte sie sich ja gefreut. Vielleicht war sie allergisch gegen Margeriten?

Sie unterbrach seine Gedanken. »Hier entlang!«, sagte sie und ging voraus in ein Zimmer, in dem schon Danni, Daniel und Rebekka saßen. Die begrüßten ihn lautstark.

»Noch einmal herzlichen Glückwunsch. Das ist für dich!« Jim überreichte Rebekka sein Geschenk.

»Danke«, sagte sie. »Setz dich!« Dabei zeigte sie auf einen verschlossenen Umzugskarton. »Bei uns ist alles noch ein wenig chaotisch. Die Wohnzimmermöbel sind bestellt, werden aber nicht geliefert.«

Jim setzte sich. Auch Daniel saß auf so einem Karton. Die beiden Mädchen saßen auf einem schmalen Sofa. Auf dem Boden vor ihnen standen Becher und Kuchenteller.

»Rebekka, bringst du Jim auch ein Stück Kuchen und was zu trinken?«, fragte Frau Schigglich und ging mit Rebekka in die Küche.

Daniel beugte sich zu Jim und flüsterte: »Schlechte Stimmung hier!«

»Warum?«, flüsterte Jim zurück.

Danni hatte mitgehört. »Rebekkas Mutter ist ziemlich fertig«, erklärte sie. »Es geht, glaube ich, um eine Rechnung.«
Rebekka kam zurück und stellte vor Jim einen Teller mit Kuchen auf den Boden. Jetzt merkte Jim, dass auch Rebekka gar nicht besonders glücklich aussah. Dabei feierte sie doch heute Geburtstag!
»Ihr habt Probleme?«, fragte er.
Rebekka nickte. »Mama hat heute eine letzte Mahnung bekommen, weil sie die Rechnung für meine Möbel noch nicht bezahlt hat. Deshalb liefern sie auch die anderen Möbel nicht aus. Aber wir haben kein Geld. Wir können nicht zahlen, verstehst du?«
»Und dein Vater? Warum zahlt *er* nicht?«, fragte Jim. »Es sind deine Möbel, und du bist seine Tochter.«
»Er ist sauer, weil Mama ihn verlassen hat. Er denkt nicht daran, unsere Rechnungen zu bezahlen«, sagte sie. »Lass uns bitte von was anderem sprechen. Sonst fange ich noch an zu heulen.«
Es kam an diesem Nachmittag keine rechte Stimmung auf. Daniel blieb noch eine knappe halbe Stunde, dann verabschiedete er sich, nahm seinen gelben Regenmantel vom Haken und ging. Angeblich wollte er noch Hausaufgaben machen.

Jim räumte das benutzte Geschirr ab und trug es in die Küche.
Am Küchentisch saß Rebekkas Mutter, hatte den Kopf in die Hände gestützt, und nun war er ganz sicher: Sie weinte.
»Was ist mit Ihnen, Frau Schigglich?«, fragte er. »Ist es wegen der Rechnung?«
»Hat dir Rebekka davon erzählt?«, fragte sie, während sie die Tränen mit dem Taschentuch abwischte. »Es ist nicht nur die Rechnung. Es ist … alles. Die ganze Situation.«
»Kann man Ihnen denn irgendwie helfen?«, fragte Jim.

»Es ist nett von dir, dass du dir Sorgen machst«, sagte sie und hörte auf zu weinen. »Weißt du, ich könnte diese Rechnung lässig zahlen. Ich habe ein Sparbuch von meinem Vater geerbt, da sind mehr als fünfundzwanzigtausend Euro drauf. Ich müsste nur in die Sparkasse gehen und das Geld abheben.«

»Warum tun Sie es dann nicht?«, fragte Jim.

»Weil das Sparbuch in unserer alten Wohnung ist«, sagte sie.

Jim verstand noch immer nicht. »Warum gehen Sie nicht hin und holen es?«, fragte er weiter.

»Weil mich mein Mann nicht reinlässt. Er ist so beleidigt wegen unserer Trennung, dass er nicht mehr mit mir spricht. Heute Morgen hat er mir die Tür vor der Nase zugeschlagen, als ich geklingelt habe.«

»Und wenn ich mit Ihnen hingehe?«, sagte Jim. »Dann ist er vielleicht nicht so grob, weil Sie eine Begleitung haben. *Begleitung: Mitgehender, Beistand, auch: Unterstützung eines Sängers durch ein Instrument.*«

»Du würdest mich begleiten?« Sie lächelte jetzt. »Rebekka kann sich freuen, dass sie so einen netten Freund gefunden hat. Am liebsten würde ich dir einen Kuss geben.«

»Muss nicht sein«, sagte Jim.

Da lachte sie sogar. »Wenn du zwanzig Jahre älter wärst, würde ich deine Hilfe annehmen. Aber so werde ich wohl meine Schwester darum bitten. Die wohnt nur leider weit weg, in Oldenburg. Ich danke dir jedenfalls für das Angebot.«

»Was für ein Angebot?«, fragte Rebekka, die gerade in die Küche gekommen war.

»Jim hat vorgeschlagen, dass er mich zu deinem Vater begleitet«, sagte sie.

»Das ist sehr lieb von dir, Jim«, sagte Rebekka.

Er überlegte. »Ich hätte eine Idee!«

»Ja?«, sagte Frau Schigglich.

»Ich könnte meinen Onkel fragen, ob der nicht mit Ihnen hingehen würde. Das macht er bestimmt gern!«

»Den Onkel Hans-Gert, von dem du mir gestern erzählt hast?«, fragte Rebekka.

»Nein, es ist ein anderer Onkel. Der Bruder von Tante Larissa«, sagte Jim.

»Und der würde mit meiner Mutter in die alte Wohnung gehen?«, fragte Rebekka. »Einfach so?«

»Ganz bestimmt«, sagte Jim. »Mir zuliebe tut er alles.«

Rebekkas Mutter schüttelte den Kopf. »Ich kann keinem Unbekannten zumuten, mit mir zu meinem Mann zu gehen und Sachen aus der alten Wohnung zu ho-

len. Es ist ja nicht nur das Sparbuch. Auch mein ganzer Schmuck liegt dort noch im Sekretär.«
»Und wenn ich ihn einfach mal frage?«, schlug Jim vor. »Entweder er sagt zu oder nicht.«
»Wie heißt er überhaupt, dein Onkel?«, wollte Rebekka wissen. »Auch Spitzer?«
»Nein, es ist doch der Bruder von Tante Larissa«, sagte Jim. »Er heißt Doktor Roth. Roth mit ›th‹ am Schluss.«
»Doktor? Ist er Arzt?«, fragte Rebekkas Mutter.
»Rechtsanwalt. *Anwalt: wer berufsmäßig fremde Rechtsangelegenheiten besorgt*«, sagte Jim.
»Ich weiß, was ein Rechtsanwalt ist«, sagte Frau Schigglich.
»Das ist doch sein Lexikon-Wissen, das er immer aussprechen muss«, sagte Rebekka. Sie hatte also ihrer Mutter davon erzählt!
»Ein Anwalt würde natürlich noch größeren Eindruck machen als ein ganz normaler Begleiter«, überlegte die Mutter. Dann gab sie sich einen Ruck und wandte sich an Jim. »In Ordnung. Kannst du deinen Onkel gleich mal anrufen und ihn fragen, ob er das wirklich für mich machen würde?«
»Und für mich!«, fügte Rebekka hinzu.
»Nein, das geht nicht«, sagte Jim. »Er hat kein Telefon.«

»Ein Rechtsanwalt ohne Telefon?«, fragte Frau Schigglich. »Das gibt's doch nicht!«
»Natürlich hat er ein Telefon«, sagte Jim schnell. »Aber im Moment hat er Schwierigkeiten, weil ihm das Telefon runtergefallen und zerbrochen ist. Er muss sich erst ein neues kaufen.«
»So ein Pech!«, sagte Rebekka.
»Wir sollten aber jemand anderen anrufen«, schlug Jim vor. »Und zwar deinen Vater. Wir müssen doch wissen, ob er überhaupt zu Hause ist.«
Rebekkas Mutter sah auf die Uhr. »Nach fünf ist er immer von der Arbeit zurück. Er ist bestimmt da. Aber meinst du denn wirklich, dass dein Onkel so schnell Zeit hat?«
»Bestimmt! Aber ich will sicherheitshalber doch mal bei Ihrem Mann anrufen. Sonst kommt mein Onkel am Ende ganz umsonst«, sagte Jim.
»Und was sagst du dann?«, fragte Rebekka.
»Dass ich mich verwählt habe!«
Es stellte sich heraus, dass Rebekkas Vater wirklich zu Hause war, und Jim rannte gleich darauf aus der Wohnung. Angeblich, um seinen Onkel zu holen. Aber natürlich hatte er einen ganz anderen Plan.

Eine schwierige Entscheidung

»Tante Larissa, darf ich mir noch mal den Anzug und ein Hemd von Onkel Hans-Gert ausleihen?«, fragte Jim, gleich nachdem er, atemlos vom Laufen, ins Haus gestürmt war.

»Meinst du den Anzug, der im Bügelzimmer hängt?«, fragte sie. Sie hatte ihn da unten offenbar entdeckt. »Wozu brauchst du ihn denn?«

»Ich muss noch mal erwachsen werden«, sagte er.

»Wie, jetzt gleich?« Sie schüttelte den Kopf. »Du kannst doch nicht einfach zu *Superwisser* gehen, ohne dass du angemeldet bist! Außerdem läuft die Sendung heute gar nicht!«

»Das weiß ich doch. Ich will ja nicht zu *Superwisser*«, sagte Jim.

Tante Larissa hörte ihm vor lauter Aufregung gar nicht zu. »Du hast doch mit Hans-Gert besprochen, dass ihr noch mindestens ein halbes Jahr wartet!«, rief sie. »Du kannst doch nicht hingehen, ohne ihm Bescheid zu sagen. Wie stellst du dir das vor?«

»Ich will nicht zu *Superwisser*«, sagte Jim. »Hab ich doch gerade gesagt. Ich will Rebekkas Mutter helfen. Und das kann ich nur, wenn ich erwachsen bin.«

»Was ist mit Rebekkas Mutter?«, fragte sie.
Er erzählte ihr, was er vorhatte. Sie hörte aufmerksam zu und nickte ab und zu.
»Du weißt, dass das eine schwierige Entscheidung ist«, sagte sie dann. »Wenn die letzte Pille verbraucht ist, musst du acht Jahre warten, bis du bei *Superwisser* antreten kannst. Willst du das wirklich?«
»Ich weiß nicht … ich … doch, ich denke schon«, sagte Jim.
»Überleg es dir gut«, sagte Tante Larissa. »Versteh mich recht: Ich will dir bestimmt nicht raten, dass du die Pille aufheben sollst. Ich möchte nur nicht, dass du es hinterher bereust. Du musst dir also ganz klar sein. Was ist dir wichtiger: Rebekkas Mutter oder *Superwisser*?«
Jim zögerte nur einen Augenblick. Dann sagte er: »Rebekka und ihre Mutter! Zu *Superwisser* gehe ich dann in acht Jahren.«
Tante Larissa nahm ihn in den Arm. »Jim, ich bin richtig stolz auf dich!«
»Wirklich?«, fragte Jim überrascht.
»Ja! Du weißt doch, dass ich gegen diese Lüge mit James Brown war«, sagte sie. »Schwieriger wird es, deinen Onkel zur Vernunft zu bringen. Du musst es ihm heute gleich sagen, wenn er von der Arbeit kommt.

Er wird sehr enttäuscht sein. Er denkt doch Tag und Nacht an nichts anderes als an *Superwisser* und die Million!«

»Ja, ich weiß«, antwortete Jim kleinlaut. »Hilfst du mir, wenn ich es ihm beibringen muss?«

»Ich werde mein Bestes tun«, versprach sie. »Aber was ich mich frage: Wie wirst du dich vorstellen, wenn du zu Rebekkas Mutter kommst? Du kannst ja nicht sagen: ›Hallo, ich bin Jim und bin in der letzten Stunde einige Jahrzehnte älter geworden‹. Oder?«

»Ich habe ihr gesagt, ich wäre dein großer Bruder«, gestand Jim.

»Mein Bruder?« Tante Larissa musste lachen. »Merkwürdiger Gedanke: Du bist gleichzeitig mein Bruder und unser Neffe! Dabei habe ich gar keinen Bruder.«

»Bis jetzt nicht«, sagte Jim und musste auch lachen.

»Dann mal los!«, sagte sie. »Hol dir von Hans-Gerts Kleidung, was du brauchst, und lass Rebekka und ihre Mutter nicht länger warten!«

Eine Weile später sah Tante Larissa vom Wohnzimmerfenster aus einen großen Mann im grauen Anzug aus der Haustür treten und eilig durch den schmalen Vorgarten gehen. Einen Moment dachte sie, es sei Hans-

Gert. Aber der war ja an seinem Arbeitsplatz. Das musste der verwandelte Jim sein!
Auf der Straße drehte er sich noch einmal um. Er sah ihrem Hans-Gert wirklich zum Verwechseln ähnlich. Der Anzug, die Glatze und die scharfen Falten um die Nase: Alles stimmte. Nur der Hut fehlte.
Jim schien zu spüren, dass er beobachtet wurde. Er winkte ihr kurz zu, dann verschwand er hinter einer Straßenbiegung.

Doktor Friedrich Roth

Als Jim eine halbe Stunde später bei den Schigglichs klingelte und Rebekkas Mutter die Tür öffnete, stellte er sich noch im Flur vor: »Guten Tag, mein Name ist Roth. Doktor Friedrich Roth. Jim hat mir von Ihren Problemen erzählt. Ich bin gerne bereit, Ihnen beizustehen.«
»Warum ist Jim denn nicht mitgekommen?«, fragte Rebekka hinter ihrer Mutter.
»Er … er kann im Moment nicht«, sagte Jim knapp.
»Kommen Sie doch erst mal rein und trinken Sie ein Tässchen Tee mit uns«, sagte Rebekkas Mutter.

Doch Jim winkte ab. »Das geht nicht. Die Zeit reicht nicht aus. Wir müssen gleich los.«
»Haben Sie noch einen anderen Termin?«, fragte Rebekkas Mutter.
»So ähnlich«, antwortete Jim. »So ähnlich.«
»Dann lassen Sie uns aufbrechen«, sagte Frau Schigglich und ging vor ihm die Treppe hinunter.
»Merkwürdig«, sagte Rebekka drinnen zu Danni. »Jims Onkel sieht diesem Mann verdammt ähnlich.«

»Welchem Mann?«, fragte Danni.
»Dem, der zu uns in die Schule gekommen ist und mich angequatscht hat«, sagte Rebekka. »Der einzige Unterschied ist, dass der in der Schule keine Glatze hatte. Er war bestimmt zwanzig Jahre jünger als Jims Onkel.«

Jim stand mit Rebekkas Mutter vor deren alter Wohnung, während sie an der Tür klingelte. Rebekkas Vater öffnete ihnen. Er trug einen grauen Jogginganzug. Als er seine Frau sah, wurde er ärgerlich.
»Hab ich dir nicht gesagt, dass ich dich nie mehr sehen will!«, schimpfte er los. Er versuchte, ihr die Tür vor der Nase zu schließen, aber Jim stellte seinen großen Fuß dazwischen.
Jetzt erst nahm ihn Herr Schigglich wahr. »Wer ist das denn? Dein neuer Freund?«, fragte er.
»Ich bin ein Freund der Familie«, sagte Jim. »Und jetzt sind Sie bitte so höflich, uns eintreten zu lassen.«
»Er ist mein Rechtsanwalt«, behauptete Rebekkas Mutter. »Ich möchte nur ein paar Sachen abholen, die mir gehören.«
»Ohne Durchsuchungsbefehl dürft ihr gar nicht in meine Wohnung«, sagte Herr Schigglich.

»Durchsuchung: kann in einer Wohnung zwecks Auffinden von Beweismitteln vorgenommen werden«, sagte Jim.
Herr Schigglich blickte ihn verständnislos an.
»Es ist gar nicht *deine* Wohnung, es ist immer noch *unsere*«, sagte Frau Schigglich. »Wir sind noch nicht geschieden.«
»Sehr richtig«, sagte Doktor Roth. »Es ist immer noch unsere Wohnung … ich meine, die von Ihnen beiden.«
»Dann komm meinetwegen rein«, knurrte Herr Schigglich. »Aber du nimmst nichts mit, verstanden!«
»Wenn du Dinge nicht rausgibst, die eindeutig mir gehören, ist das Diebstahl«, sagte sie.
»Richtig«, sagte Jim. »Dann ist es Diebstahl.«
»Müssen Sie eigentlich immer alles nachplappern, was meine Frau sagt?«, fragte Herr Schigglich.
Da hielt Jim den Mund.
Rebekkas Mutter ging zielstrebig zu einem Biedermeier-Sekretär im Wohnzimmer, zog die zweite Schublade links auf und nahm ihr Sparbuch heraus.
»Das würde dir sowieso nichts nutzen«, sagte sie zu ihrem Mann. »Es ist auf meinen Namen ausgestellt. Die Sparkasse würde dir gar kein Geld auszahlen.«
Dann zog sie eine Schublade auf der rechten Seite auf,

griff hinein, holte Halsketten, Ohrringe und einen Armreif heraus und verstaute alles zusammen mit dem Sparbuch in ihrer Handtasche.

»So, wir gehen wieder«, sagte sie. »Kommen Sie, Herr Doktor Roth!«

In der Tür drehte sie sich noch einmal um und sagte vorwurfsvoll: »Du hättest wenigstens deiner Tochter heute zum Geburtstag gratulieren können!«

»So ein Mist. Den hatte ich vergessen!«, sagte Herr Schigglich.

»Warum rufen Sie Ihre Tochter nicht an und gratulieren?«, fragte Jim.

»Ich kenne doch die neue Telefonnummer nicht einmal«, sagte Herr Schigglich.

»Die wird Ihnen Ihre Frau bestimmt sagen, oder?«, sagte Jim.

»Nur wenn es sein muss«, sagte sie.

»Ja, es muss sein. Rebekka wird sich sehr freuen«, beharrte Jim.

»Na gut.« Widerwillig diktierte sie ihrem Exmann die Telefonnummer.

Dann fasste sie Jim am Arm und verließ mit ihm die Wohnung.

Draußen auf der Straße umarmte sie ihn und sagte:

»Danke, danke, danke! Ich bin Ihnen ja so dankbar! Jetzt sieht die Zukunft wieder rosa aus.«
»So rosa wie Rebekkas T-Shirt!«, sagte Jim lachend.
Sie blickte ihn erstaunt an. »Hat Rebekka heute nicht ein rotes an?«, fragte sie.
»Ja, kann sein. Manchmal habe ich Schwierigkeiten, Farben zu unterscheiden«, sagte Jim hastig. »Eine gewisse Farbenblindheit. *Farbenblindheit: die mangelnde Fähigkeit, Farbtöne zu unterscheiden.*«
»Sie scheinen dieselben Gewohnheiten zu haben wie Ihr Neffe Jim«, sagte Frau Schigglich.
Jim ging nicht darauf ein und sagte: »Ich muss mich jetzt verabschieden.«
»Warum haben Sie es plötzlich so eilig?«, fragte Rebekkas Mutter. »Kommen Sie doch noch mal mit hoch! Vielleicht ist Ihr Neffe ja inzwischen wieder bei uns in der Wohnung.«
»Das kann ich mir nicht vorstellen«, sagte Jim.
»Aber Rebekka würde sich bestimmt freuen, wenn Sie mit uns noch ein Tässchen Tee trinken«, sagte sie. »Und ich auch. Bitte, tun Sie mir den Gefallen!«
»Na gut, aber nur ein Tässchen!«, sagte Jim.
Die Pille in seiner Backentasche war noch mindestens halb so groß wie am Anfang. Und sie hatte jetzt schon

eine Stunde lang gewirkt. Eine weitere Stunde würde er also bestimmt noch Herr Roth bleiben können.

Tee bei Schigglichs

Als Frau Schigglich mit Jim zurück in die Wohnung kam, war auch Danni gegangen.

»Wie war es?«, fragte Rebekka besorgt.

»Es hat geklappt!«, rief ihre Mutter, und die beiden umarmten sich. »Alles ist gut!«

»Danke, Herr Roth«, sagte Rebekka. »Danke, dass Sie uns geholfen haben. Das müssen wir gleich Jim erzählen, wenn er zurückkommt.«

»Ich geh mal in die Küche und mache uns einen schönen Tee«, verkündete Frau Schigglich und ging.

»Ja, das müssen wir Jim erzählen«, sagte Jim. »Woher kennst du ihn eigentlich?«

»Na, von der Schule«, sagte sie. »Wir gehen in dieselbe Klasse.«

»Er ist also nur ein Klassenkamerad?«, bohrte Jim nach.

»Nicht nur. Wir sind richtige Freunde«, sagte sie.

»Und er geht dir nicht auf die Nerven?«

»Wieso sollte er?«, fragte sie.

»Weil er doch immer alles erklären muss!«
»*Das* meinen Sie? Das finde ich eher lustig.«
Das Telefon klingelte. Rebekkas Mutter kam aus der Küche und nahm ab. »Schigglich«, meldete sie sich. Dann sagte sie nur noch »Ja« und gab das Telefon an Rebekka weiter. »Für dich!«
Mit einem fragenden Blick nahm Rebekka das Telefon. »Hallo?« Dann, nach einer kurzen Pause: »Danke, Papa! – Danke. – Danke. – Das finde ich total schön, dass du an meinen Geburtstag denkst! – Ja, tschüs, Papa!« Sie legte den Hörer auf und sagte strahlend: »Das war Papa.«
Frau Schigglich lächelte Jim an. »Das haben wir auch Herrn Roth zu verdanken. Er hat mir nicht nur beigestanden, er hat auch deinem Vater gesteckt, dass du heute Geburtstag hast.«
»Wirklich?«, fragte Rebekka. »Am liebsten würde ich Herrn Roth einen Kuss geben.«
»Dann tu's doch!«, sagte ihre Mutter. »Herr Roth hat bestimmt nichts gegen ein Dankeschön-Küsschen. Oder, Herr Roth?«
Ehe Jim antworten konnte, hatte ihn Rebekka schon auf die Wange geküsst. Er wurde knallrot, schluckte … und schrie leise auf. »Die Pille! Mist! Die Pille!«

»Was für eine Pille?«, fragte Frau Schigglich.

»Jetzt hab ich sie aus Versehen runtergeschluckt«, sagte Jim. Er war nicht mehr rot im Gesicht, sondern ganz bleich. »Entschuldigung, wo ist hier die Toilette?«

»Ist Ihnen nicht gut?«, fragte Frau Schigglich. »Gleich die zweite Tür links im Flur!«

Jim stürzte aus dem Zimmer, hastete in die Toilette und schloss die Tür hinter sich. Er beugte sich über das kleine Waschbecken, steckte den Finger tief in den Hals, würgte und würgte. Aber die Pille blieb im Magen und machte nicht die geringsten Anstalten, wieder an die Luft zu kommen.

In seinem Kopf drehte sich alles, aber er erinnerte sich nur zu genau an das, was ihm Gali gesagt hatte: *Wenn du die Pille herunterschluckst, bleibst du für immer erwachsen, erwachsen!*

Stimmte das? Würde Jim nie wieder ein zehnjähriger Junge sein? Gerade jetzt, wo er und Rebekka richtige Freunde geworden waren!

Vielleicht gab es ja noch Hoffnung. Vielleicht wirkte das Verschlucken nicht so, wie es Gali angedroht hatte? Es war ja nur noch eine halbe Pille gewesen, die er geschluckt hatte.

Langsam ging Jim ins Wohnzimmer zurück.

»Geht es Ihnen gut?«, fragte Rebekkas Mutter. »Soll ich Ihnen lieber einen Kamillentee kochen?«
»Ich glaube, es ist besser, ich gehe jetzt nach Hause«, sagte Jim.

Für immer erwachsen

Als Jim zu Hause klingelte, machte Tante Larissa die Tür auf und sagte: »Du klingelst? Hast du deinen Schlüssel vergessen, Hans-Gert?«
»Ich bin's doch, Tante Larissa! Jim!«, sagte Jim. »Es ist etwas Schlimmes passiert!«
»Du bist es?« Tante Larissa war ganz verwirrt. »Jetzt, wo ich genau hinschaue, sehe ich schon den Unterschied. Auf den ersten Blick hast du ausgesehen wie dein Onkel. Was ist denn Schlimmes passiert?«
»Ich habe aus Versehen die Pille runtergeschluckt!«
»Und?«
»Jetzt bleibe ich erwachsen. Für immer!«
»Das kann nicht sein!«, rief Tante Larissa. »Für immer?«
»Ja, für immer.«
»Das ist ja entsetzlich!« Tante Larissa fing an zu weinen. »Es kommt mir vor, als ob unser einziges Kind

gestorben wäre.« Sie trocknete ihre Tränen mit dem Taschentuch. »Entschuldige, Jim. Komm bitte mit ins Wohnzimmer. Wir müssen besprechen, wie es jetzt weitergeht.«

Jim ging niedergeschlagen hinter ihr her.

»Dir ist klar, dass das auch eine echte Katastrophe für dich ist?«, fragte Tante Larissa, als beide nebeneinander auf dem Sofa saßen.

»Ich weiß!«, sagte Jim. »Herr Senkel ist bestimmt stinksauer, wenn ich in der Schule fehle.«

»Das ist nicht einmal das Schlimmste«, sagte sie, während sie Jim kopfschüttelnd anschaute. So, als hätte sie noch immer nicht ganz begriffen, was hier vor sich ging. »Wie stellst du dir dein zukünftiges Leben vor? Du hast keinen Beruf. Kein Geld. Du hast nicht mal einen Ausweis!«

»Ich weiß es ja auch nicht«, sagte Jim. »Es ging alles so schnell. Ich hab noch nicht darüber nachgedacht. Ich …«

Er stockte und lauschte. Die Flurtür war ins Schloss gefallen.

»Dein Onkel kommt nach Hause«, sagte Tante Larissa. »Der wird vielleicht überrascht sein!« Laut rief sie: »Wir sind im Wohnzimmer, Hans-Gert!«

Onkel Hans-Gert blieb in der Wohnzimmertür stehen.
»Wer … wer ist das denn?«, stotterte er. Es kam ihm vor, als würde er in einen Spiegel blicken. Der Mann, der da neben seiner Frau saß, sah nicht nur aus wie er selbst, er trug auch noch den grauen Anzug, den er die ganze Zeit vermisst hatte.
»Ich bin's, Onkel Hans-Gert. Ich, Jim!«, sagte Jim kleinlaut.
»Moment mal … bedeutet das: Du hast die letzte Pille genommen?«, fragte Onkel Hans-Gert.
Jim nickte.

»Mann, Jim! Hatten wir nicht ausgemacht, dass du die Pille erst in einem halben Jahr nimmst und dann zu *Superwisser* gehst?!«, rief der Onkel. »Jetzt ist alles aus. Jetzt können wir die Million vergessen. Wie kannst du mich nur so enttäuschen?«

»Warum regst du dich auf?«, sagte Tante Larissa. »Jetzt hast du doch, was du immer wolltest! Jim ist erwachsen. Und das nicht nur für eine Stunde oder zwei. Nein, für immer!«

»Für immer?«, fragte Onkel Hans-Gert. »Stimmt das?«

Jim nickte wieder.

Da quetschte sich Onkel Hans-Gert neben ihn aufs Sofa, schlug ihm begeistert auf die Schulter und sagte: »Jim, alter Junge! Da haben wir ja wirklich, was wir schon immer wollten.

In den nächsten fünf, sechs Wochen lernst du noch die Buchstaben bis Z, dann melden wir dich bei *Superwisser* an!«

Er wandte sich an seine Frau. »Da siehst du es! Es war also gut, dass wir das Wunschlisten-Heft nicht weggeworfen haben!«

Tante Larissa blickte ihn fassungslos an. »Heißt das, dass dieser Mann hier, also unser Jim, jetzt Tag für Tag in seinem ehemaligen Kinderzimmer sitzen und Lexika auswendig lernen soll?«, fragte sie.

»Das hat er doch bis jetzt auch getan«, sagte Onkel Hans-Gert.

Sie schüttelte den Kopf. »Und was ist mit der Schule?«

»Hm, da müssen wir uns etwas ausdenken«, gab der Onkel zu. »Wenn eine Anfrage kommt, sagen wir, Jim sei krank. Er habe wieder mal eine Bronchitis.«

»Eine Bronchitis, die nach zwei, drei Monaten immer noch nicht vorbei ist? Das glaubt uns doch kein Mensch. Die schicken uns das Jugendamt ins Haus!«

»Dann müssen wir eben behaupten, Jim sei verreist«, schlug der Onkel vor.

»Verreist? Wohin?«, fragte Tante Larissa.

»Weiß ich auch nicht. Aber das können wir uns noch ausdenken.«

»Wie wäre es damit?«, fing Jim an, der bis dahin stumm gelauscht hatte. »In der Schule sagt ihr: Jim ist zu seiner Tante gereist, der Schwester von Tante Larissa. Sie will den Jungen bei sich aufnehmen.«

»Und wo lebt die angebliche Tante?«, fragte der Onkel.

»In Manitoba«, sagte Jim mit einem Seitenblick zu seiner Tante.

Sie lächelte. »Du meinst, in der Hauptstadt Winnipeg?«

»Ja, dahin lassen wir Jim auswandern. Sehr gut!« Onkel Hans-Gert gefiel diese Erklärung. »Es wird sowieso eine Zeit lang dauern, bis die Schule nachfragt.«

»Tante Larissa kann ja eine Postkarte schreiben, die Jim angeblich aus Manitoba abgeschickt hat«, sagte Jim. Ein leichter Vorwurf war dabei nicht zu überhören. »Und Onkel Hans-Gert klebt wieder eine seiner Briefmarken auf.«

»Jim, musst du uns wirklich an unsere Schwindeleien erinnern?«, fragte die Tante. »Ich dachte, du hättest uns verziehen.«

Der Onkel hatte ein weniger schlechtes Gewissen, denn er sagte gleich: »Du musst aber in einer Kinderschrift schreiben, Larissa. Sonst glaubt es dir keiner.«

»Und währenddessen soll Jim den ganzen Tag in seinem Zimmer sitzen?«, fragte sie.

»Es hindert ihn keiner, an die frische Luft zu gehen«, sagte Onkel Hans-Gert. »Er muss ja dabei nicht unbedingt meinen guten Anzug anhaben.« Er wandte sich an Jim. »Du bekommst von mir eine Hose und einen Pullover«, sagte er. »Und natürlich Unterwäsche. Der Anzug kommt wieder in den Schrank, wo er hingehört!«

»Er braucht auch einen Schlafanzug«, sagte Tante Larissa.

»Na gut, den kann er auch haben«, sagte Onkel Hans-Gert. Er stand auf. »Was gibt es übrigens zum Abendessen?«

Er ging voraus in die Küche. Der Tisch war gedeckt, mit Brot, Käse und Wurst, Gläsern und einer Flasche Apfelsaft. Trotzdem konnte es sich der Onkel wieder einmal nicht verkneifen, die Kühlschranktür zu öffnen, um nachzusehen, ob da drinnen vielleicht noch etwas Besseres zu finden war.

»Heute leider kein Schokoladenkuchen!«, sagte Jim, der mit ihm in die Küche gekommen war. Aber es gelang ihm nicht recht, dabei auch nur zu lächeln.

An diesem Abend lag Jim lange schlaflos in seinem Bett. Gestern hatten seine Füße unten noch reichlich

Platz gehabt. Jetzt stieß er oben und unten am Rahmen an. Das Kinderbett war zu kurz für einen erwachsenen Mann.
Die Nachttischlampe, vor die Tante Larissa das rote Tuch gehängt hatte, musste nun nicht mehr die ganze Nacht über brennen. Er knipste sie aus. Ein erwachsener Mann sollte keine Angst vor Dunkelheit haben.
Er dachte an Rebekka und seufzte. Gerade erst waren sie Freunde geworden, und nun war ihre Freundschaft schon wieder vorbei. Sie würden nie mehr zusammen in der Sonne sitzen, sich unterhalten und einen Eisbecher Brasilia essen. Er war ein älterer Herr mit Glatze und Rebekka ein Kind.
Warum nur hatte er unbedingt erwachsen werden wollen?!

Dienstag

Schlechte Gedächtnisleistung

Am nächsten Morgen piepte der Wecker ganz normal, ohne zu trompeten, zu pfeifen oder zu brummen. Jim hatte vergessen, ihn am Abend auszustellen. Er hätte ausschlafen können. Er musste ja nicht zur Schule. Aber nun war er wach. Er trottete ins Bad, duschte, zog die Kleider an, die ihm Onkel Hans-Gert hingelegt hatte, und setzte sich dann zu Onkel und Tante an den Frühstückstisch.

»Es wird eine Zeit lang dauern, bis ich mich daran gewöhnt habe, dass noch ein zweiter Mann mit mir hier wohnt«, sagte Tante Larissa.

»Was wirst du heute machen?«, fragte Onkel Hans-Gert.

Jim zuckte die Achseln. »Was schon«, sagte er. »Lexikonbegriffe lernen. Wie du es vorgeschlagen hast.«

Das Frühstück verlief diesmal ziemlich schweigsam.

Nur als Jim sein Brot mit Butter bestrich und es mit drei Scheiben Salami belegte, wollte ihn Onkel Hans-Gert daran hindern.
»Moment! Spielregel!«, rief er. Dann lachte er aber und sagte: »Entschuldigung! Das war die alte Gewohnheit. Außerdem kann ich gar keine Wörter abfragen. Du hast gestern ja nicht gelernt. Aber heute Abend, wenn ich von der Arbeit komme, zeigst du mir, was du gelernt hast, ja?«
Jim nickte und biss in sein Salamibrot.

»Bis heute Abend!«, rief Onkel Hans-Gert noch einmal aus dem Flur, setzte seinen karierten Hut auf und machte sich auf den Weg zum Finanzamt.
Nachdem Jim seiner Tante geholfen hatte, den Frühstückstisch abzuräumen, sagte er: »Ich geh mal kurz nach draußen!«
Er war früher dran als sonst und musste einige Minuten warten, bis Daniel am Haus vorbeikam. Endlich sah er ihn in seinem gelben Regenmantel um die Ecke biegen. Er stellte sich ihm halb in den Weg.
»Hallo, Daniel«, sagt er.
Daniel blieb stehen und guckte ihn neugierig an. »Wo-

her wissen Sie meinen Namen?«, fragte er. »Kennen wir uns?«
»Du warst schon weg, als ich gestern zu Schigglichs gekommen bin«, sagte Jim. »Ich bin Herr Roth, der Bruder von meiner Tante … ich meine … von Jims Tante.«
»Sie haben Rebekkas Mutter begleitet, als sie zu ihrem Mann gegangen ist! Das finde ich toll«, sagte Daniel. »Danni hat es mir am Telefon erzählt. Sie war schon weg, als Sie zurückgekommen sind. Wie war es denn noch?«
»Alles hat geklappt. Rebekkas Mutter hat jetzt ihr Geld«, sagte Jim.
»Super!«, rief Daniel. »Und was ist mit Jim? Warum kommt er nicht raus?«
»Er ist leider krank geworden«, behauptete Jim. Dass er inzwischen nach Manitoba ausgewandert war, wollte er nicht sagen. Es wäre ein bisschen unglaubwürdig gewesen. Schließlich hatten er und Daniel sich noch am Nachmittag gesehen.
»Schade. Aber dann wünschen Sie ihm gute Besserung«, sagte Daniel und ging weiter.
Jim folgte ihm in einiger Entfernung. In der Nähe der Schule blieb er stehen und schaute aus der Ferne zu, wie Rebekka, Danni und Daniel sich am Schultor begrüß-

ten und zusammen im Schulgebäude verschwanden. Dann drehte er sich um und ging langsam zurück zum Haus.
Gerade als er an der Tür klingelte, wurde er vom Nachbargarten aus angesprochen.
»Guten Tag, Herr Spitzer! Heute noch nicht im Amt?«
Es war die Nachbarin, Frau Martenstein.
»Nein, noch nicht«, sagte Jim ausweichend. Er wollte sich eine lange Erklärung gerne ersparen.
Doch jetzt kam auch noch Herr Martenstein ans Fenster des Nachbarhauses. »Tag, Herr Spitzer! Ich will Ihnen ja keinen Vorwurf machen. Aber langsam wird es Zeit, dass das Finanzamt meinen Steuerbescheid bearbeitet. Ich kriege wahrscheinlich Geld zurück.«
»Ich werde sehen, was sich machen lässt«, sagte Jim und ging schnell ins Haus.
Draußen sagte Herr Martenstein zu seiner Frau: »Kein Wunder, dass der Bescheid noch nicht da ist! Wenn die Finanzbeamten um diese Zeit noch zu Hause sind!«

Als der echte Herr Spitzer am Abend mit dem Essen fertig war, schnappte er sich gleich das Lexikon aus Jims Zimmer und fing an, Jim abzufragen. Tante Larissa saß daneben und hörte zu.

»Wie weit bist du gekommen, Jim?«, wollte Onkel Hans-Gert wissen.

»Ich habe versucht, die Seiten von *Pabst* bis *Pechvogel* zu lernen«, sagte Jim.

»Was heißt: *Du hast es versucht*?«, fragte Onkel Hans-Gert.

»Es hat nicht geklappt«, sagte Jim. »Ich konnte mir einzelne Einträge merken, aber nach fünf Minuten hatte ich sie wieder vergessen.«

»Vergessen?«, rief der Onkel. »Ich denke, du hast ein fotografisches Gedächtnis und musst alles nur einmal anschauen!«

»Ich wollte es ja«, sagte Jim niedergeschlagen. »Onkel, ich habe das Gefühl, dass nicht nur mein Körper um vierzig oder fünfzig Jahre älter geworden ist, sondern auch mein Gehirn.«

»Es wäre auch verwunderlich, wenn dein Gehirn noch so gut funktionieren würde wie bei einem Zehnjährigen«, sagte Tante Larissa.

»Aber ich *bin* doch ein Zehnjähriger!«, sagte Jim. »Ich fühle mich genauso wie gestern oder letzte Woche. Auch wenn ich jetzt groß bin und keine Haare mehr habe.«

»Lass uns mal sehen, ob du nur nichts Neues aufneh-

men kannst oder ob du am Ende auch das Alte vergessen hast«, sagte Onkel Hans-Gert, ging aus dem Zimmer und kam mit drei weiteren Lexikonbänden zurück. Er schlug einen auf und las vor: »*Kupferkopf!*«

Da Jim nicht antwortete, fragte der Onkel noch einmal: »Was versteht man unter *Kupferkopf*?«

»Eine Denkmalfigur besteht manchmal aus Kupfer. Und der Kopf von diesem Denkmal ist ja dann auch aus Kupfer«, fing Jim vorsichtig an.

»Denkmal? Willst du behaupten, der Kupferkopf sei ein Teil von einem Denkmal?«

Jim zuckte die Achseln und sagte nichts.

»*Kupferkopf: etwa ein Meter lange Giftschlange aus Nordamerika mit kupferrotem Kopf*«, las sein Onkel vor.
»Ja, jetzt erinnere ich mich«, sagte Jim.
»Die Erinnerung kommt reichlich spät. Bei *Superwisser* wärst du jetzt ausgeschieden«, sagte der Onkel. Er nahm sich einen anderen Lexikonband vor. »*Lindenberg!*«
»Das ist ein Sänger«, antwortete Jim. »Udo Lindenberg.«
»Das stimmt. Auch wenn dieser Herr noch nicht im Lexikon zu finden ist«, sagte der Onkel. »Aber da steht noch eine andere Erklärung!«
»Eine andere Erklärung? Welche denn?«, fragte Jim.
»Du fragst *mich*? Das sollst doch *du* sagen!« Onkel Hans-Gert war entrüstet. Er las vor: »*Lindenberg: Stadt im Regierungsbezirk Schwaben.*« Er schlug das Lexikon zu. »Das hättest du also auch nicht gewusst?«
Jim schüttelte den Kopf.
Onkel Hans-Gert hielt es nicht länger am Esstisch. »Ich geh ein bisschen spazieren. Ich muss zu klaren Gedanken kommen«, sagte er. »Da ist Jim erwachsen, genau wie wir es uns gewünscht haben. Und was haben wir davon? Nichts!« Er wandte sich direkt an Jim: »Warum wolltest du auch unbedingt so schnell erwachsen werden!«

Damit ging er wütend aus dem Raum.
Tante Larissa rief ihm nach: »Das kannst du ihm nicht vorwerfen. Du hast es doch auch gewollt.«
»Schon gut. Er hat ja recht«, sagte Jim traurig.
Am liebsten hätte Tante Larissa ihn in den Arm genommen und getröstet. Wäre Jim noch der kleine Jim, hätte sie es bestimmt getan. Aber es wäre ihr seltsam vorgekommen, wenn sie einen Mann umarmt hätte, der einen halben Kopf größer war als sie.

Manitoba

Am Spätnachmittag des nächsten Tages klingelte es bei den Spitzers. Onkel Hans-Gert war gerade nach Hause gekommen und öffnete die Tür. Draußen stand ein Mädchen und sagte freundlich: »Hallo!«
Als er nicht antwortete und sie nur fragend anblickte, sagte sie noch einmal lächelnd: »Guten Tag!«
Da reagierte Onkel Hans-Gert endlich. »Ja, was ist?«, fragte er. »Was willst du? Bittest du um eine Spende fürs Rote Kreuz oder so was?«
Jetzt lachte sie.
»Sie müssen mich doch kennen!«, sagte das Mädchen.

»Ich bin Rebekka. Vorgestern Nachmittag haben Sie bei uns Tee getrunken.«
»Doppelter Unsinn«, sagte Onkel Hans-Gert ärgerlich. »Vorgestern Nachmittag war ich im Amt. Außerdem mag ich keinen Tee. Ich bin Kaffeetrinker.«
»Bei uns haben Sie aber Tee getrunken«, sagte Rebekka. »Warum mussten Sie eigentlich so schnell weg, Herr Roth?«
»Wenn du zu einem Herrn Roth willst, bist du hier falsch«, sagte der Onkel. »Hier wohnt die Familie Spitzer.«
»Dann sind Sie gar nicht Herr Roth?«, fragte Rebekka. »Sind Sie der andere Onkel von Jim?«
»Von einem anderen Onkel ist mir nichts bekannt«, sagte Onkel Hans-Gert. »Wie und warum kommst du überhaupt zu uns?«
Rebekka sagte: »Daniel hat mir Ihre Adresse genannt.«
»Daniel? Wer ist denn das schon wieder?«, fragte Onkel Hans-Gert.
»Na, Jims Freund. Deswegen bin ich hier. Wie geht es Jim? Ist er sehr krank? Darf ich ihn besuchen?«
Das brachte Onkel Hans-Gert arg in Verlegenheit. »Jim kann im Moment nicht besucht werden«, sagte er schnell.

»Warum denn nicht?«
Wie immer bei solchen Gelegenheiten suchte Onkel Hans-Gert Hilfe bei Tante Larissa. Er zog sich in den Flur zurück und rief von dort: »Ich sag mal meiner Frau Bescheid. Die erzählt dir, wo Jim ist.« Damit verschwand er in der Küche.
Es war aber nicht Tante Larissa, die Auskunft gab, sondern Jim. Denn der hatte in seinem Zimmer den Onkel rufen hören und ging nun in den Flur, um zu sehen, was los war. Als er Rebekka sah, rief er überrascht: »Hallo, Rebekka!«
Sie blickte ihn irritiert an. »Wir haben uns doch gerade schon begrüßt …? Was ist jetzt mit Ihrer Frau? Kommt sie?«
Jim lachte. »Meine Frau? Ich bin doch nicht verheiratet!«
»Machen Sie sich über mich lustig?«, fragte sie.
»Aber Rebekka, wie kannst du so was von mir denken!«, sagte Jim. »Warum schaust du mich so an? Erinnerst du dich nicht an mich? Ich bin Herr Roth! Vorgestern Nachmittag habe ich bei deiner Mutter Tee getrunken. Du warst doch auch dabei.«
»Ach, Sie sind das«, sagte sie. »Aber wer war dann der andere Herr Roth?«

»Das ist der andere Onkel von Jim, Herr Spitzer«, sagte Jim. »Ja, wir sehen uns so ähnlich wie Zwillinge. Wir sind ja auch miteinander verwandt.«
»Ich dachte, Sie sind der Bruder von Jims Tante und nicht von seinem Onkel?«
»Äh … stimmt! Trotzdem sehen wir uns ähnlich«, sagte Jim. »Was wolltest du denn bei uns?«
»Ich will zu Jim«, sagte sie. »Daniel hat mir erzählt, dass er krank ist. Wie geht es ihm? Ist er in seinem Zimmer?«
Jim wurde mit einem Mal sehr ernst.
»Rebekka, ich muss dir leider etwas sagen. Du wirst Jim nie mehr sehen.«
»Nie mehr? Warum denn?«, fragte sie.
»Wir haben ihn gestern zum Flughafen gebracht. Er ist ausgewandert«, sagte Jim. »Er wohnt jetzt bei seiner Tante in Manitoba.«
»Das ist nicht wahr!«, rief sie.
»Leider doch«, antwortete Jim. »Glaub mir … es tut mir wirklich sehr leid!«
»Das ist gemein von Jim! Er haut einfach ab. Nicht einmal verabschiedet hat er sich von mir. Gemein!« Sie drehte sich um zum Gehen. »Er hätte doch wenigstens Auf Wiedersehen sagen können. Und ich hab gedacht, wir wären Freunde!«

Jim sah, dass sie nahe daran war, in Tränen auszubrechen.
Schnell rannte sie davon.
So gerne wäre Jim ihr nachgelaufen! Aber als Herr Roth konnte er es ja nicht. Wie hätte das ausgesehen: ein erwachsener Mann, der ein Mädchen verfolgt!
Langsam drehte er sich um und trottete in sein Kinderzimmer zurück.
Hätte ihn Tante Larissa dabei gesehen, hätte sie bemerkt, wie ihm die Tränen in die Augen stiegen. Bestimmt hätte sie ihn dann doch in den Arm genommen, auch wenn er immer noch einen halben Kopf größer war als sie!

Sonntag

Eine echte Freundin

Am Wochenende hielt Jim es nicht mehr aus. Er nahm seinen ganzen Mut zusammen, suchte die Nummer aus dem Handyspeicher und rief bei Rebekka an.
»Ja, hallo. Hier Rebekka«, meldete sie sich.
»Hier ist Herr Roth«, sagte Jim. »Ich würde dich gerne zu einem Eis in die Eisdiele Cassanese einladen.«
Sie zögerte und sagte schließlich: »Da muss ich erst meine Mutter fragen, ob sie nichts dagegenhat.«
Die Aussicht auf einen Eisbecher in der Eisdiele gefiel ihr wohl ganz gut. Die Aussicht, dort mit einem kahlköpfigen Mann zu sitzen und sich mit ihm unterhalten zu müssen, gefiel ihr weniger.
Jim sagte schnell: »Ich will dir etwas von Jim erzählen. Etwas, was du noch nicht weißt.«
»Von Jim?«, fragte sie. »Wann können wir uns treffen?«
»Um vier«, schlug er vor.

Jim saß schon am Tisch, außen unter der Markise, als Rebekka kam. Wie üblich war sie ganz in Rot gekleidet und hatte sogar ein rotes Band im Haar.
»Hallo, Rebekka«, begrüßte er sie.
»Hallo, Herr Roth«, grüßte sie zurück und setzte sich auf den Stuhl gegenüber. »Sie wollen mir etwas von Jim erzählen?«
»Jetzt lass uns erst mal bestellen«, sagte er und winkte den Kellner heran. »Zwei Eisbecher Brasilia, bitte!«
Der Kellner blinzelte Rebekka zu und sagte: »Heute nicht mit deinem Freund da, sondern mit deinem Opa?«
Weder Rebekka noch Jim verbesserten ihn.
»Das Gleiche habe ich letzte Woche zusammen mit Jim bestellt«, sagte sie.
»Ich weiß«, antwortete er.
»Woher wissen Sie das? Hat Jim es Ihnen erzählt?«
»Ja, so könnte man sagen«, antwortete er.
»Was ist denn jetzt mit Jim?«, fragte sie.
»Lass erst mal das Eis kommen«, sagte er. »Ich erzähl es dir dann gleich.«
Als der Eisbecher vor ihnen stand, sagte er: »Mango-Eis mit Krokant. *Mango: ostindisches Gewächs mit …* warte, gleich hab ich's … *mit Steinfrucht. Krokant: gebackene Mandelkruste*. Ja, genau so war es!«

»Aber … das hat Jim auch gesagt!«, rief Rebekka. »Sie haben ja die gleiche Angewohnheit wie er.«
»Ja, so könnte man sagen«, antwortete Jim zum zweiten Mal. »Ich kann dir aber auch erzählen, was ihr noch gesprochen habt. Du hast von einer Frau erzählt, die sich an jeden Tag ihres Lebens erinnern kann.«
»Das stimmt!«, rief sie.
»Und dann hast du gesagt, Jim sei kein Besserwisser, sondern ein Alleswisser!«
»Woher wissen Sie das? Jim kann Ihnen doch nicht alles erzählt haben!« Rebekka wurde immer verwirrter.

»Und dann hast du gesagt, Lexikone sind altmodisch, und ich habe gefragt … also … *Jim* hat gefragt, weshalb du Lexi*ka* altmodisch findest.«
Rebekka sagte nichts mehr. Sie schüttelte fassungslos den Kopf.
Jim beugte sich zu ihr hinüber. »Rebekka, wenn ich dir jetzt gleich alles erzähle, wirst du mich für verrückt halten.«
»Verrückt?«, fragte sie.
Er blickte sie eindringlich an. »Bitte, hör mir trotzdem zu. Und nicht erschrecken!«
»Ja?«, sagte sie.
Jim zeigte auf sich und sagte: »Ich bin Jim!«
Erschrocken rückte sie ein Stück von ihm ab. »Sie machen Witze!«
»Ich sehe dir an, dass du jetzt denkst: ›Der Herr Roth hat nicht alle Tassen im Schrank‹. Aber ich kann es beweisen«, sagte Jim.
»Wie denn?«, fragte sie.
»Wenn ich dir jetzt Dinge sage, die nur Jim wissen kann, dann musst du mir glauben, oder?«
Sie war nun doch neugierig geworden. »Was für Dinge denn zum Beispiel?«
»Auf dem Pausenhof hast du mich gefragt, ob ich dir

meine Handynummer gebe. Du wolltest sie gleich eintippen. Und ich habe geantwortet, dass ich sie nicht kenne, weil ich mich selber ja nicht anrufe.«
»Das stimmt auch!«, sagte sie. »Genau so war es.«
»Und als ich dich dann angerufen habe, hast du mich erst völlig verwirrt. Ich wollte schon auflegen. Weil du drei Jungennamen gesagt hast, die alle mit M anfangen!«
»Das stimmt alles! Aber wie kann das sein? Du kannst doch nicht in zwei Tagen zu einem Mann geworden sein!«
»Der Galimat war schuld«, sagte Jim. »Das heißt: Natürlich bin ich selbst schuld. Ich wollte ja unbedingt die Pille haben, die erwachsen macht.«
»Was für eine Pille?«, fragte sie.
Und Jim erzählte ihr alles. Wie Gali bei ihm auf dem Lexikon gesessen hatte, wie er Gali mit einem Ladegerät wieder zu Elektro verholfen hatte und wie Gali ihm zum Dank die Erwachsen-werden-Pillen materialisiert hatte, bevor er mit vielen Galimatini wieder verschwunden war.
Rebekka hörte ihm mit offenem Mund zu.
Schließlich sagte sie: »Ich habe noch eine letzte Frage. Wenn du die beantworten kannst, glaube ich dir.«

»Dann los!«, sagte Jim. »Frag!«
»Was habe ich gesagt, nach dem Geburtstagslied in der Klasse?«
Nun musste Jim ein wenig nachdenken. »Ich weiß nicht genau, was du wissen willst«, sagte er. »Meinst du, dass ich nicht noch mal an deinem Geburtstag zu singen anfangen darf, weil du nicht weißt, was du dabei für ein Gesicht machen sollst?«
»Das kannst wirklich nur du wissen«, sagte sie. »Langsam glaube ich dir, dass du Jim bist!«
Jim lehnte sich erleichtert zurück. »Das wurde auch Zeit!«
»Dann bist du also nicht in dieses Manitoba ausgewandert?«, fragte sie.
»Nein. Das habe ich nur erfunden.«
»Macht es denn Spaß, erwachsen zu sein?«, wollte sie wissen.
»Überhaupt nicht«, sagte er. »Ich würde so gern wieder in die Schule gehen, selbst wenn mich der Senkel an die Tafel holt. Und danach würde ich dich und deine Mutter besuchen und mit dir Eis essen gehen. Alles wäre besser als jetzt, als Erwachsener.«
Rebekka setzte sich auf den Stuhl neben ihm und legte tröstend ihre Hand auf seine. »Armer Jim«, sagte sie.

Sie schwiegen jetzt beide. Rebekka schien nachzudenken.
»Wenn es eine E. W. P. gibt, müsste es doch auch eine K. W. P. geben«, sagte sie nach einer Weile.
»Eine Kind-werden-Pille?«, fragte Jim. »Da müsste aber erst ein Galimat kommen und sie materialisieren.«
»Vielleicht kommt dieser Gali ja mal wieder?«
»Vielleicht, vielleicht! Das ist ein Wort, das ich überhaupt nicht mag«, sagte Jim düster.
»Warum ist dieser Gali denn ausgerechnet zu dir gekommen?«, fragte sie.
»Ich weiß auch nicht«, sagte Jim. »Zufall?«
Wieder schwiegen sie. Die Sonne stand inzwischen tiefer, strahlte Jim jetzt von der Seite an und färbte seinen glänzenden kahlen Kopf hellrot.
»Hätte er auch zu mir kommen können?«, fragte sie.
»Warte mal! Lass mich nachdenken!«, rief Jim. »Was hat er gesagt, als er kam? Das rote Licht hat ihn angelockt! Tante Larissa hat immer ein rotes Tuch vor die Nachttischlampe gelegt, damit die nicht so hell ist. Weil ich doch bei Licht geschlafen habe.«
»Und? Hängt das Tuch noch vor deiner Lampe?«
»Nein. Die Lampe ist nachts sowieso nicht mehr an«, sagte er.

»Dann lass heute Nacht dein Licht brennen und hänge das Tuch davor!«, schlug sie vor. »Vielleicht lockt es diesen Gali wieder an.«

»Gute Idee! Ich werd's versuchen. Wenn es klappen würde, Rebekka, das wäre vielleicht toll!«

Er zahlte. Jetzt waren beide ganz aufgeregt, als sie gingen.

Rebekka begleitete Jim bis vor seine Haustür und verabschiedete sich dort von ihm. »Morgen, gleich nach der Schule, komme ich vorbei und sehe nach, ob es geklappt hat. Ob du wieder Jim bist«, sagte sie. »Soll ich dir die Hausaufgaben mitbringen? Damit du den Anschluss nicht verlierst?«

Das war der endgültige Beweis, dass sie ihm glaubte!

»Ja, bring die Hausaufgaben mit«, sagte Jim begeistert.

»Wird gemacht!«, sagte sie und verabschiedete sich. »Vielen Dank für das Eis!«, rief sie noch, bevor sie um die nächste Straßenecke bog.

Und Jim ging voller Zuversicht ins Haus.

Montag

Wie lockt man einen Galimat an?

Als Jim am nächsten Morgen aufwachte, war die Enttäuschung groß. Er hatte sich am Vorabend von Tante Larissa das rote Seidentuch geben lassen, es vor die Lampe gehängt und das Licht die ganze Nacht über brennen lassen. Aber kein Galimat war erschienen. Weder Gali noch ein anderer.

Während des Frühstücks hatte Onkel Hans-Gert dann noch mal einen Versuch unternommen, Jims Wissen zu testen. Er schlug den Lexikonband *Dachfirst bis Efeu* auf und fragte: »Was versteht man unter *Dingo*?«

»Dingo?«, wiederholte Jim. »Ist das nicht so ein wilder Hund? So ähnlich wie ein Kojote?«

»Das war richtig!«, rief der Onkel. »Du hättest nur hinzufügen müssen: *Lebt in Australien.* Das gibt mir wieder Hoffnung! Vielleicht hast du ja doch nicht alles vergessen. Ich suche gleich mal einen neuen Begriff!«

»Jetzt lass doch Jim erst mal in Ruhe frühstücken!«, sagte Tante Larissa und legte Jim drei Scheiben Lyoner aufs Brot.
Der nahm sie mit der Gabel wieder weg und legte sie auf den Wurstteller zurück.
»Tut mir leid, Tante Larissa«, sagte er dabei. »Lyoner schmeckt mir nicht. Könnte ich bitte eine Scheibe Käse haben?«
»Na, so was!«, sagte Tante Larissa verwundert. »Da haben sich also auch deine Essgewohnheiten verändert.«
Onkel Hans-Gert hatte inzwischen einen neuen Begriff gefunden.
»*Droste-Hülshoff*«, las er vor und blickte Jim gespannt an. »Genauer gesagt: *von Droste-Hülshoff.*«
»Das klingt wie ein Name …«, begann Jim.
»Ja, ja«, sagte der Onkel. »Und weiter?«
»Name eines Adeligen, der … der vielleicht so etwas wie ein General war?«, fragte Jim.
»Es hat keinen Zweck!«, sagte der Onkel. »Droste-Hülshoff ist kein Mann, sondern eine Frau. Und sie ist eine Dichterin, kein General.« Er schlug das Lexikon mit einem Knall zu. »Larissa, du kannst unser Wunschlisten-Heft wirklich in den Papierkorb werfen!«

Am Nachmittag klingelte Rebekka an der Haustür.
Jim, der schon lange am Fenster gestanden und auf sie gewartet hatte, öffnete.
»Es hat also nicht geklappt«, sagte sie traurig, als sie ihn sah. Sie reichte ihm ihr Matheheft. »Hier sind die Hausaufgaben!«
»Du kannst das Heft wieder mitnehmen«, sagte Jim. »Ich werde es nie mehr brauchen.«
»Das rote Tuch hat also nichts genutzt«, stellte sie fest.
Jim nickte.
»Gibt es sonst noch was Besonderes, das einen Galimat anlocken könnte?«, fragte sie weiter. »Überleg doch mal!«
Jim zuckte nur die Achseln.
»Ja, dann gehe ich wohl mal wieder«, sagte sie zögernd. »Es wäre doch irgendwie komisch, mit dir in deinem Zimmer. Aber ich besuch dich morgen oder übermorgen wieder, ja?«
Jim nickte. »Dann auf Wiedersehen!«
Sie gaben sich die Hand, und Rebekka ging.
Als sie schon fast außer Hörweite war, rief Jim ihr nach: »Rebekka, warte mal! Rebekka, mir ist gerade etwas eingefallen!«
Sie kam zurück. »Was denn?«, fragte sie.

»Es war noch etwas Elektrisches an in meinem Zimmer, als der Galimat kam. Tante Larissa hatte einen Luftbefeuchter angestellt. Und Gali hat noch gesagt, dass der Befeuchter so schön pustet!«

»Dann versuch's doch gleich heute Nacht«, sagte sie. »Lass die rote Lampe brennen und stell den Luftbefeuchter an. Vielleicht klappt es damit. Ich wäre so froh!«

»Und ich erst«, sagte Jim.

»Ich komme morgen gleich nach der Schule vorbei!«, sagte Rebekka. »Und dann macht mir vielleicht Jim auf und nicht Herr Roth!«

KWP und GMP

In der nun folgenden Nacht strahlte das rote Licht, und auch der Luftbefeuchter in der Fensternische tat seine Pflicht und pustete eifrig feuchte Luft ins Zimmer.

Jim lag schlaflos in seinem Bett und wartete sehnsüchtig auf ein *Fffiiiiuuuuu*. Er wartete und wartete. Aber kein Galimat materialisierte sich. Und schließlich schlief Jim doch ein.

Er wurde durch das Piepen seines Weckers wach und

wunderte sich: Draußen vor dem Fenster war es noch stockdunkel. Warum piepte der Wecker mitten in der Nacht? Und überhaupt: Das Piepen war viel lauter und schneller als sonst!
Da hörte der Wecker auch schon mit dem Piepgeräusch auf und begann zu bellen. Das Bellen ging über in ein tiefes Motorengeräusch, dann begann der Wecker zu hupen wie ein Auto.
Gleich darauf sagte eine bekannte Stimme: »Wieso liegt der Onkel in Jims Bett, Bett?«
Jim setzte sich auf. »Gali?«, rief er, während er den Wecker ausstellte. »Gali, wo bist du?«
Keine Antwort.
Jim sprang aus dem Bett und suchte sein Zimmer ab, blickte unter den Schreibtisch, in jeden Winkel. Da entdeckte er etwas: Vor dem Luftbefeuchter schwebte ein langes Ohr. Es wackelte im Luftstrom auf und nieder.
»He, da bist du ja!«, rief Jim. »Jetzt materialisiere dich bitte wieder! Ich weiß doch, dass du mich hören kannst, wenn ein Teil von dir in meiner Welt ist.«
Nichts geschah.
Jim nahm das Ohr einfach in die Hand und sprach hinein wie in einen Telefonhörer. »Gali, ich bin es! Du musst dich nicht verstecken. Ich bin Jim! Ich habe die

Pille hinuntergeschluckt. Deswegen sehe ich so anders aus.«

Das Ohr schwebte zurück zu der Stelle, wo Jim es gepflückt hatte, und im selben Augenblick materialisierte sich ein Galimat in der Fensternische. Das Ohr schnellte mit einem leisen *Plopp* an den Kugelkörper. Der war allerdings viel größer, als ihn Jim in Erinnerung hatte. Mindestens so groß wie ein Sitzball.

»Bist du wirklich Gali?«, fragte Jim.
»Nein, ich bin ein Nilpferd«, sagte der Galimat. »Und du? Bist du auch wirklich Jim, Jim?«
»Du bist so groß geworden!«, sagte Jim.
»Und du bist so alt geworden«, sagte Gali. »Wo hast du denn deine Haare gelassen? Dein Kopf glänzt wie ein roter Vollmond, Vollmond!«
»Du musst mich gar nicht auslachen! Es war ja deine Pille, die mich so alt gemacht hat.«
»Erstens war es nicht meine Pille. Du hast sie vom Galiogalimat bekommen«, sagte Gali. »Und außerdem hättest du sie nicht runterschlucken dürfen. Das weißt du ganz genau, genau.«
»Ja, leider«, sagte Jim. »Muss ich jetzt wirklich für immer erwachsen bleiben?«
»Das wolltest du doch, doch«, sagte Gali und spuckte aus. Diese schlechte Angewohnheit hatte er also nicht abgelegt.
»Jetzt nicht mehr«, sagte Jim. »Bitte, kannst du noch einmal eine Pille für mich materialisieren? Eine, die mich wieder zum Kind macht?«
»Freust du dich gar nicht, dass ich wieder da bin? Ich dachte, wir sind Freunde. Und Freunde fangen nicht gleich an, irgendwelche Pillen zu materialisieren.

Freunde unterhalten sich erst mal, wenn sie sich nach einiger Zeit wiedersehen, und erzählen, was sie erlebt haben. So macht man das unter Galimatini, matini.«
»Entschuldige, Gali! Natürlich freue ich mich, dass du wieder da bist«, sagte Jim. Und er erzählte, wie er Rebekka und ihrer Mutter geholfen hatte und wie er aus Versehen die Pille runtergeschluckt hatte und Herr Roth geworden war.
»Herr Blau hätte ich besser gefunden«, sagte Gali. »Und danach, danach?«
»Danach kamen nur langweilige Tage, in denen ich in meinem Zimmer herumgesessen habe«, sagte Jim. »Und du? Was hast du in der Zwischenzeit gemacht?«
»Ich habe von meinen Abenteuern mit einem echten Menschen erzählt und wurde sehr gelobt. Weil ich so viel von der Menschenwelt berichten konnte, konnte«, sagte Gali stolz.
»Was hast du denn berichtet?«, fragte Jim.
»Dass es dort Kühlschränke gibt, denen man Musik eingeben kann, und Staubsauger, die fast so schnell rasen wie ein Motorrad. Hat die anderen Galimatini sehr interessiert. Die wollen jetzt alle herauskommen und es selber mal ausprobieren.«
»Alle?«, fragte Jim erschrocken.

»Nicht ganz. Das war übertrieben«, gab Gali zu. »Es kommen höchstens zwanzig oder dreißig, dreißig.«

»Aber bitte nicht hierher zu uns«, sagte Jim.

»Nicht hierher? Schade! Wohin denn dann, dann?«, fragte Gali.

»Wie wäre es bei Herrn Senkel?«, schlug Jim vor.

»Das ist doch der Lehrer, von dem du erzählt hast«, sagte Gali. »Gute Idee! Das werde ich sofort den anderen Galimatini vorschlagen, schlagen.« Damit wollte er schon auf seinen Nasel drücken und sich entmaterialisieren.

»Nicht sofort! Bitte, bleib noch!«, rief Jim. »Warum willst du so schnell wieder verschwinden?«

»Weil ich dann noch eine Extra-Portion Elektro bekomme. Als Belohnung, Belohnung.«

»Noch eine? Dann hast du also schon eine bekommen. Bist du deswegen so dick geworden?«, fragte Jim.

»Ja, dick«, sagte Gali stolz und schaute an seinem Kugelkörper herunter. »Wenn ich in deine Schule käme, dann würde dieser Alexander wahrscheinlich rufen: ›Gali Dicklich! Gali Dicklich ist so dick wie Rebekka Schigglich, Schigglich!‹«

»Du musst dich nicht auch noch über Rebekka lustig machen. Es genügt, wenn Alexander es tut«, sagte Jim.

»Ich mache mich nicht lustig«, verteidigte sich Gali. »Ich finde es doch schön, dass sie so wie ich aussieht, aussieht.«
Nun musste Jim lachen. »Das kann man wirklich nicht sagen! Sie sieht dir nicht gerade ähnlich.«
»Schade. Ich will sie mal kennenlernen, lernen.«
»Vielleicht später mal«, sagte Jim.
»Dann kann ich vielleicht auch erst später mal die Pille materialisieren, sieren«, sagte Gali eingeschnappt.
»Das ist Erpressung!«, beschwerte sich Jim.
»Erpressung?«, wiederholte Gali. »Was ist das, das?«
»Erpressung ist, wenn du mich erpresst«, sagte Jim.
»So steht es bestimmt nicht in deinem Lexikon«, sagte Gali. »Lies es doch mal vor, vor!«
»Das kann ich nicht mehr«, sagte Jim.
»Wirklich nicht? Dann weißt du also nicht mehr, dass ein Papierkorb ein Behälter für Papier ist, ist?«
»Sehr witzig!«, sagte Jim. »Mir ist gar nicht nach Lachen zumute. Ich bin total unglücklich!«
»Das ist schlimm«, sagte Gali. »Dann musst du wirklich wieder Jim werden, werden.«
»Kriegst du das hin?«, fragte Jim aufgeregt.
»Klar! Du musst dich nur in die Küche schleichen und die Eisenpfanne holen, holen!«

»Nichts lieber als das!«, sagte Jim und kam gleich darauf mit der Pfanne zurückgerannt.
Das Materialisieren der Kind-werden-Pille funktionierte genau so wie bei der Erwachsen-werden-Pille. Kleine Blitze zuckten zwischen Galis Antennchen hin und her. Genauer gesagt waren es keine Antennchen mehr, sondern richtige Antennen. Denn nicht nur sein Kugelkörper war größer geworden. Auch seine Antennen streckten sich fast einen halben Meter nach oben.
Kurz darauf materialisierten sich auf dem Pfannenboden zwei Pillen: eine blaue und eine weiße mit einem dunklen Punkt genau in der Mitte.
»Warum sind es zwei Pillen?«, fragte Jim. »Muss ich jetzt beide nehmen, um wieder ein Junge zu werden?«
»Die blaue ist die KWP«, sagte Gali. »Die weiße mit dem kleinen Nasel in der Mitte ist eine GMP. Die darfst du Rebekka schenken, wenn du willst, willst.«
»Was bedeutet GMP?«, fragte Jim.
»G bedeutet *Gali*. Ist doch logisch. Und P steht für *Pille*. Rebekka wird schon rauskriegen, wozu die Pille gut ist, wenn sie sie schluckt, schluckt.«
»Das soll sie mal lieber nicht tun«, sagte Jim erschrocken. »Willst du sie etwa auch erwachsen machen?«

»Natürlich nicht!«, sagte Gali. »Es macht nichts mit *ihr*, sondern mit *mir*. Na gut, dann sage ich es dir eben: M bedeutet *materialisieren*. Und wenn Rebekka mich nicht materialisieren will, nimmst eben du die Pille. Aber dann musst du mir die dicke Rebekka trotzdem vorstellen. Versprochen, versprochen?«
»Versprochen!«, sagte Jim. »Aber nur, wenn du nicht mehr *dicke Rebekka* sagst!«
»Ist schon gut!«, sagte Gali. »Jetzt nimm endlich die blaue Pille, Pille!«
»Soll ich sie runterschlucken? Oder nur im Mund behalten?«, fragte Jim.
»Im Mund behalten? Willst du denn nur für kurze Zeit wieder zu einem Jungen werden, werden?«, fragte Gali.
»Nein, natürlich nicht«, sagte Jim. Mit zitternden Händen nahm er die blaue Pille von der Pfanne, steckte sie in den Mund und schluckte sie hinunter.
Gleich darauf drehte er sich um sich selbst, erst langsam, dann schneller, wurde dabei kürzer und kürzer – und saß schließlich als zehnjähriger Junge in der Zimmermitte auf dem Fußboden.
»Hat funktioniert, funktioniert«, stellte Gali zufrieden fest und ging prüfend um Jim herum.
Der versuchte aufzustehen, verhedderte sich aber erst

mal in seinen viel zu langen Hosenbeinen und fiel laut lachend auf den Po zurück.

»Danke, Gali! Du bist wirklich ein Freund! Danke!«, sagte Jim. »Du kannst dir gar nicht vorstellen, wie erleichtert ich bin!«

Er lauschte in sich hinein. *Erleichtert: von einer Bürde befreit.*

»Es klappt wieder! Gali, es klappt wieder!«, rief er.

»Was klappt, klappt?«, fragte Gali.

»Ich kann wieder mein inneres Lexikon lesen«, sagte Jim.
»Aber du sagst doch gar nichts, nichts?«, wunderte sich Gali.
»Stimmt«, sagte Jim. »Das ist ja das Neue, das Gute: Ich weiß es, muss es aber nicht mehr laut aussprechen.«
Gali wackelte begeistert mit den Ohren. »Wiedersehen, Jim! Ich hoffe, wir sehen uns bald wieder. Entweder bei Rebekka oder bei dir. Verlier die weiße Pille nicht, nicht!«
»Nein, auf die werde ich sehr gut aufpassen«, sagte Jim.
»Wiedersehen, Gali. Und noch einmal ganz, ganz herzlichen Dank!«
»Schon gut, gut«, sagte Gali, drückte auf seinen Nasel und war im selben Moment verschwunden.

Dienstag

Alopezie

Jim ließ es sich nicht nehmen, seinen Auftritt beim Frühstück groß auszuspielen. Er kam lässig in die Küche geschlendert, wie üblich das Lexikon unter dem Arm, setzte sich an den Tisch und sagte ganz selbstverständlich: »Guten Morgen. Habt ihr gut geschlafen?«

Onkel Hans-Gert und Tante Larissa kriegten den Mund kaum zu vor lauter Staunen.
»Jim! Jim, du bist wieder unser Jim!«, rief der Onkel, stand von seinem Stuhl auf und umarmte Jim. »Wie ich mich freue! Du bist wieder unser Kind!«
Diesen Gefühlsausbruch seines sonst so mürrischen Onkels hatte Jim nicht erwartet. Umso mehr freute er sich darüber.
Tante Larissa konnte unterdessen ihre Tränen nicht zurückhalten und umarmte ihn weinend.
»Jim. Mein Jimmy!«, sagte sie immer wieder. »Mein kleiner Jim!«
»*Unser* Jim«, verbesserte Onkel Hans-Gert sie. Er war nun wieder ganz und gar sachlich. »Er ist immer noch *unser* Jim, Larissa!«

Tante Larissa sagte: »Es ist so schön, dass wir nun nicht mehr einen Herrn Roth bei uns sitzen haben. Wie kommt es, dass du wieder zum Kind geworden bist?«
»Ja, das würde ich auch gerne wissen«, schloss sich der Onkel an.
»Das erzähle ich euch ein andermal«, sagte Jim, bestrich ein Brot mit Butter und legte zwei Scheiben Lyoner darauf. »Ihr glaubt mir ja doch wieder nicht.«
»Wenn du meinst«, sagte die Tante.
»Hauptsache, wir haben dich wieder«, sagte der Onkel. Er schaute zu, wie Jim ins Brot biss. »Nur schade, dass das mit dem Abfragen vorbei ist.«
Jim legte das Brot beiseite, nahm das Lexikon vom Tisch, drückte es seinem Onkel in die Hand und sagte: »Schlag es irgendwo auf!«
»Und jetzt?«, fragte der Onkel.
»Jetzt lies mir ein Wort vor!«
Onkel Hans-Gert schlug das Buch in der Mitte auf und lachte.
»Was ist so lustig?«, fragte Tante Larissa.
»Das Wort, das hier steht!«, sagte Onkel Hans-Gert und las vor: *»Pups.«*
In Jims innerem Lexikon stand es klar und deutlich: *Pups: abgehende Blähung.*

»Ich weiß es«, sagte Jim fröhlich.
»Das hätte ich aber auch gewusst«, sagte Tante Larissa.
»Na gut. War mehr ein Witz. Jetzt aber ein schwierigeres Wort«, sagte Onkel Hans-Gert. *»Knurrhahn!«*
In Jims innerem Lexikon stand es klar und deutlich: *ein Meeresfisch, der knurrende Geräusche von sich gibt.*
»Ich weiß es«, sagte Jim.
»Was heißt: Du weißt es?«, fragte der Onkel. »Warum sagst du es dann nicht?«
»Weil ich nicht muss«, sagte Jim. »Und weil es total umständlich ist. Hauptsache ist doch, dass ich es weiß. Na gut, ein Mal noch: Es ist ein Fisch, kein Hühnerhahn! Aber ab sofort musst du dich eben darauf verlassen, dass ich es auch wirklich weiß.«
»Keine schönen Aussichten«, murrte der Onkel.
»Ihr werdet dieses Spielchen doch jetzt nicht wieder bei jedem Frühstück aufführen wollen!«, sagte Tante Larissa.
»Nein«, sagten Onkel Hans-Gert und Jim fast gleichzeitig.
Der Onkel fügte hinzu: »Jim hat ja jetzt acht Jahre Zeit. Da genügt es, wenn ich ihn ein Mal pro Woche Wörter abfrage.«
»Ich habe noch eine Bitte«, sagte Jim. »Ich bräuchte eine

schriftliche Entschuldigung, wenn ich jetzt wieder in die Schule gehe.«
»Hm. Was für einen Grund sollen wir denn angeben?«, fragte der Onkel. »Ich kann ja nicht schreiben: Jim war vorübergehend erwachsen und somit nicht mehr schulpflichtig.«
»Schau doch mal im Lexikon nach, ob du eine interessante Krankheit findest!«, schlug Jim vor.
Onkel Hans-Gert schnappte sich den Band, blätterte und rief: »Da haben wir was Schönes: *Alopezie senilis!*«
»*Alopezie senilis: altersbedingter Haarausfall*«, zitierte Jim. »Das ist ja nicht mal gelogen. Das hatte ich, als ich noch Herr Roth war. Aber was, wenn Herr Senkel dann fragt, weshalb ich noch alle Haare habe?«
»Du glaubst doch nicht, dass er weiß, was das für eine Krankheit ist?«, sagte Onkel Hans-Gert und gab als Entschuldigungsgrund tatsächlich *Alopezie* an.

Gleich darauf nahm Jim seinen Schulranzen, ging vor die Haustür und wartete auf Daniel. Der war genauso überrascht wie zuvor Onkel Hans-Gert und Tante Larissa, als er Jim ganz selbstverständlich da stehen und warten sah.
»He, Jim!«, rief er von Weitem. »Bist du wieder fit?«

»Ja, bin ich«, antwortete Jim. »Hallo, Daniel!«
Während sie nun zusammen weitergingen, erzählte Daniel: »Es reden schon alle darüber, wo du wohl steckst. Dein Onkel hat mir gesagt, du wärst krank. Aber Rebekka hat behauptet, du wärst nach Kanada ausgewandert. Ausgewandert bist du schon mal nicht. Also warst du krank. Was hast du denn gehabt?«
»Alopezie senilis«, sagte Jim.
»Tut das weh?«, fragte Daniel.
»Nein. Aber ich bin so was von froh, dass diese Krankheit endlich vorbei ist«, sagte Jim. »Rebekka kann dir erzählen, wie schlecht es mir ging.«
»Rebekka?«, fragte Daniel.
»Ja, sie hat mich gestern und vorgestern besucht«, sagte Jim.
»Hat sie gar nicht erzählt«, sagte Daniel.
Inzwischen waren sie an der Schule angelangt. Rebekka stand am Eingang.
»Jim!«, rief sie überrascht, als sie die beiden kommen sah. »Du bist wieder da! Es hat geklappt!«
Wenn nicht die anderen aus der Klasse dabeigestanden hätten, hätte sie ihn bestimmt vor Freude umarmt.
»Ja, es hat geklappt!«, sagte Jim lachend. »Kommt, lasst uns reingehen!«

Es war, wie Onkel Hans-Gert vermutet hatte: Herr Senkel mochte nicht zugeben, dass er keine Ahnung hatte, was *Alopezie* bedeutet, und sagte nur: »Schön, dass du wieder da bist, Jim. Lass dir das Matheheft von einem Mitschüler geben, du musst einiges nachlernen. Wir haben uns vergangene Woche hauptsächlich mit Geometrie befasst.«
Geometrie: Lehre von Linien und Körpern auf Flächen und im Raum, las Jim in seinem inneren Lexikon. Aber er musste es nicht laut aussprechen, und so gab er Herrn Senkel auch keinen Grund, wütend auf ihn zu werden.
Jim setzte sich auf seinen Platz neben Daniel und sagte glücklich: »Schön, wieder hier zu sein!«

Superwisser

Als Tante Larissa an diesem Abend in Jims Zimmer kam, um ihm eine gute Nacht zu wünschen, lag er noch gar nicht im Bett. Er saß an seinem Schreibtisch, die Beine hochgelegt, die Arme hinter dem Kopf verschränkt.
»Du träumst mit offenen Augen«, sagte Tante Larissa. »Du denkst gerade an etwas Schönes. Stimmt's?«

Jim nickte.
»Lass mich raten: Du denkst an Rebekka!«
»Nicht direkt«, antwortete Jim.
»Sagst du mir, was es dann ist?«, fragte sie.
»Ich stelle mir gerade vor, dass ich schon achtzehn bin«, sagte Jim.
»Ist das wirklich ein schöner Traum? Ich dachte, du möchtest nicht erwachsen sein«, sagte sie.
»Nicht künstlich erwachsen, durch eine Pille oder so«, sagte er. »Ich meine: ganz normal erwachsen. Weil Rebekka dann nämlich auch erwachsen ist.«
»Ich verstehe«, sagte sie. »Du bist also ganz normal erwachsen. Und was stellst du dir da Schönes vor?«
»Ich bin Kandidat bei *Superwisser* und sitze dem Moderator gegenüber. Ganz entspannt. Drei Fragen habe ich schon lässig beantwortet. Und jetzt kommt die vierte Aufgabe. Die wird schon etwas schwieriger.«
»Und wie lautet diese vierte Aufgabe?«, fragte Tante Larissa.
»Der Moderator fragt:
›Was findet man in vielen Kirchen neben der Ausgangstür?
A. Den Opferstecken,
B. den Opferstab,

C. den Opferstock,

D. die Opferstange.‹«

»Und was antwortest du?«, fragte Tante Larissa.

»Ich schaue kurz in mein inneres Lexikon. *Opferstock: Sammelkasten für Spenden in Kirchen.*

Dann sage ich zum Moderator: ›Ich weiß es!‹

Der lacht und sagt wahrscheinlich so etwas wie: ›Sie wissen es, wie schön! Vielleicht möchte es das Publikum aber auch wissen?‹

Ich sage: ›Antwort C ist richtig.‹

Er fragt: ›Bleiben Sie bei dieser Antwort?‹ – Wenn ich achtzehn bin, muss er ja ›Sie‹ zu mir sagen.

Und ich antworte: ›Ja! Ich bleibe bei dieser Antwort!‹
Er sagt: ›Ihre Antwort ist … *richtig*!‹
Und dann kommt der große Beifall der Zuschauer!«
»Eine schöne Vorstellung«, musste die Tante zugeben.
»Das Beste kommt aber erst!«, sagte Jim. »Die Kandidaten dürfen ja immer eine Begleitperson mitbringen.
Der Moderator fragt: ›Und wen haben Sie uns mitgebracht, Herr Brown?‹
Und ich sage: ›Meine Freundin Rebekka!‹
Und dann geht ein Spot an und zeigt sie, wie sie im Scheinwerferlicht unter den Zuschauern sitzt und mir zulächelt.
Und alle, die neben ihr sitzen, sind in rotes Licht getaucht.«
»Wirklich? Haben die im Studio rotes Licht?«, fragte Tante Larissa.
»Nein.« Jim lächelte: »Es ist der Widerschein von Rebekkas Kostüm!«

Das lustigste Sams aller Zeiten!

Paul Maar
Sams im Glück
(Band 7)
208 Seiten · Ab 8 Jahren
ISBN 978-3-7891-4290-1

Auch als e-book

Was wäre Familie Taschenbier ohne das Sams? Doch nach 15 Jahren, 15 Tagen und fünf Minuten muss das Sams wieder in die Samswelt zurück – sonst wird Herr Taschenbier auch ein Sams. Erste Anzeichen gibt es schon ...

Das siebte Abenteuer mit dem Sams – turbulent, lustig und mit farbigen Bildern.

Oetinger

Auch als Hörbuch. Weitere Infos: **www.dassams.de**, **www.oetinger-audio.de** und **www.oetinger.de**

Illustrationen von Ute Krause

Paul Maar

Seine schönsten Kinder- und Jugendbücher

Andere Kinder wohnen auch bei ihren Eltern
Der Galimat und ich
Eine Woche voller Samstage
Am Samstag kam das Sams zurück
Neue Punkte für das Sams
Ein Sams für Martin Taschenbier
Sams in Gefahr
Onkel Alwin und das Sams
Sams im Glück*
Da bin ich gespannt wie ein Gummiband. Die samsigsten Sprüche vom Sams
Das fliegende Kamel. Geschichten von Nasreddin Hodscha, neu erzählt von Paul Maar
Herr Bello und das blaue Wunder
Neues von Herrn Bello
Wiedersehen mit Herrn Bello
In einem tiefen, dunklen Wald ...
Jaguar und Neinguar. Gedichte von Paul Maar
Kartoffelkäferzeiten
Das kleine Känguru
Kreuz und Rüben, Kraut und quer. Das große Paul-Maar-Buch
Lippels Traum
Lippel, träumst du schon wieder!
Mehr Affen als Giraffen
Onkel Florians fliegender Flohmarkt
Die Opodeldoks
Der tätowierte Hund
Der verborgene Schatz

* Auch als Sonderausgabe mit farbigen Filmfotos.

Oetinger

Weitere Informationen zu Tonträgern, DVDs und Büchern unter:
www.dassams.de, **www.oetinger-media.de** und **www.oetinger.de**

Illustrationen von Ute Krause